너에게 행운을

선물할게

오늘 발견한 선명한 행복 **너에게 행운을**

선명하게

스카모노 지음

지금이책

1장

주문하신 포근함 나왔습니다

2장

창밖의 날씨는 맑음

3장

마음이 가리키는 방향

4장

우리 손잡고 걸을래?

가끔 너무 당연해서 지나치는 것들이 있습니다. 매년 피는 민들레나, 비 내린 뒤의 흙냄새, 햇볕에 바짝 마른 빨래. 모두 우리 곁으로 흘러갑니다. 하지만 문득 추억을 꺼내 보았을 때, 우리를 미소 짓게 하는 일은 일상의 한 조각입니다.

행운을 뜻하는 네잎클로버의 주변에는 행복이라는 꽃말을 가진 세잎클로버가 가득합니다. 흔하고 익숙해서 놓치고 있었던 선물을 함께 기억하고 싶었습니다. 이 마음을 고양이 블루와 토끼 아모의 모습으로 담았습니다.

우리는 때때로 모든 일에 적극적이기도 하지만, 반대로 망설일 때도 있습니다. 내가 서 있는 길 위에서 고민합니다. 맞는 방향으로 나아가고 있는지, 초조해지기도 합니다. 하지만 우리가 향하는 길에 정답은 정해져 있지 않습니다. 자신을 믿고 나아가는 선택만이 정답일지도 모릅니다.

비록 잘못된 길이었다 해도, 너무 깊이 좌절할 필요는 없습니다. 가야 할 곳이라면, 헤매더라도 반드시 찾게 되니까요. 다만 길을 찾아가는 과정에서 어려움을 마주할 수도 있습니다. 하지만 너무 깊이 생각하지 않기로 해요. 클로버도 여러해살이 식물이란 걸 아시나요? 추운 겨울이 되면 마치 시들어 없어진 것처럼 보이지만, 땅속에서 추위를 견디고 봄이 되면 다시 잎을 피워 냅니다. 포기하지 않고 나아가다 보면, 우리가 바라던 풍경이 펼쳐질 거예요.

블루는 저이기도 하고, 이 책을 읽는 여러분이기도 합니다. 아모가 보여 주는 사소한 모습들도 마찬가지입니다. 블루와 아모의 이야기가 여러분을 행운으로 데려다 줄 수 있기를 바랍니다.

소카모노

어서 오세요
블루의 카페입니다

1장

주문하신 포근함 나왔습니다

발맞춰 걷기

"블루, 나도 같이 가."

분명 나란히 걷고 있는 줄 알았던 아모가 한참 뒤에서 말한다. 내 걸음이 빠르거나 보폭이 크다는 생각은 해본 적이 없는데, 아모와 걸을 때면 어느새 나 혼자 앞서간다.

"블루, 나도 네 옆에 같이 걷고 싶어. 그래서 열심히 걸었는데, 아무래도 난 네 걸음 속도를 따라가기 힘들어."

"미안해, 아모. 내가 너무 앞만 보고 걸었나 봐."

내 보폭을 맞추느라 종종거리며 힘들어했을 아모
를 보니, 그제야 내가 놓친 것들이 보였다. 새삼 아모
가 고맙고 소중하게 느껴졌다. 당연해서 알지 못했는
데, 그동안 아모는 같이 걷기 위해 혼자서 노력하고
힘들었겠구나. 내가 조금만 천천히 가면 되었을 텐
데 말이다.

"아모, 역시 너랑 함께 걷는 게 제일 좋아."

늘 곁에 있어 당연하게 여겨지는 존재의 소중함을
잊지 말아야겠다 되새기며 걸음을 내디딘다.

꽃잎 떨어지는 자리

봄의 시작은 벚꽃이 아닐까. 겨울이 지나고 이제야 봄이 온 것 같다가도, 휭휭 차가운 바람이 불어오면 봄은 아직이구나 싶어진다. 그러다 문득 콧속으로 들어오는 편안한 바람을 느끼며 하늘을 올려보면, 벚꽃이 가득하다. 움츠렸던 어깨도 활짝 펴고, 그간 추위에 쫓겨 빨랐던 발걸음도 조금 늦출 수 있다. 느긋한 걸음으로 걷다 보면, 주위를 둘러볼 여유가 생긴다. 벚꽃은 마치 톡톡 터진 팝콘 같고, 손을 뻗으면 똑 따먹을 수 있을 것 같다. 정말로 먹을 수 있다면, 아마 이번 봄 내내 먹어야겠지.

벚꽃이 피는 계절에는 옷 정리가 따라온다. 어제까지만 해도 스웨터를 꺼내 입었는데, 오늘은 스웨터만큼이나 따스한 공기가 몸을 감싼다. 내 마음에도 작은 훈풍이 불어오는 것 같다. 겨우내 입었던 옷은 이제 차곡차곡 정리해 다음 계절을 기약한다.

봄이 한창이구나 싶어질 때쯤 어김없이 매서운 꽃샘추위가 찾아와 벚꽃을 뒤흔들고 사라진다. 이렇게 날씨가 변덕을 부릴 때면, 겨울 요정이 있는 건 아닐까 싶다. 아마 겨우내 무채색이었던 거리를 분홍색으로 물들인 벚꽃을 시기하는 게 아닐까. 떨어진 꽃잎이 아쉽기도 하지만, 우리에겐 내년의 벚꽃이 또 기다리고 있다.

자전거 타고 가다 본 풍경

그럴 때가 있다. 지나치는 풍경이 너무 아름다워서 그대로 멈추어 간직하고 싶은 마음이 들 때. 오늘이 그런 날이었다. 예전에는 종종 사진을 찍었다. 내가 보는 풍경을 오래도록 기억하고 싶어서였다. 하지만 정작 오래도록 기억에 남는 건, 그날의 바람과 지저귀는 새소리처럼 나를 스쳐 간 것들이었다. 카메라를 드는 순간, 나는 그 작은 렌즈만큼의 시야에만 갇히게 된다. 지나고 나면, 직접 경험하는 풍경만이 오롯이 남는다.

여행 갈 때마다 새로운 향수를 사는 친구가 있었
다. 조금 독특한 취미인줄 알았는데, 나중에 친구가
들려준 이야기가 제법 낭만적이었다. 친구는 눈이 아
닌, 향기로 장소를 기억한다고 했다. 다시 돌아와서도
그 향수를 뿌리면, 꼭 그때의 추억이 밀려온다고 했
다. 꼭 눈으로만 기억하지 않아도, 다양한 방법이 있
다는 걸 깨달았다. 그 후 나도 나만의 방식으로 풍경
을 간직하기로 했다.

자전거를 타며 마주친 하늘과 바다가 나를 멈추게
했다. 이제는 카메라 대신 내가 그 풍경의 일부가 되
어 주변을 바라본다. 반짝이는 물결과 초록의 향을 품
은 바람을 느낀다. 문득 돌이켜 보니, 마주친 풍경을
잡아 두고 싶다는 생각은 틀린 것 같다. 사실은 그 멋
진 풍경이 나를 불러 세운 게 아닐까.

천천히 갈 때 비로소 보이지 않았던 것과 평소에는
놓치고 있던 것들이 눈에 들어오는 것 같다. 그러고
보면, 내가 결정했다고 생각한 일도 알고 보면, 사실
나를 기다리고 있던 걸지도 모르겠다. 가끔 내가 조급
하게 굴었던 건, 아마 불안해서였나보다.

이렇게 바람을 느끼면서 잠깐 쉬어 가는 것도 좋
다. 멋진 풍경을 담은 이 장소는 어디로 도망가지 않
고, 이렇게 나를 기다려 주고 있으니 말이다.

민들레 홀씨의 꽃말은 행복

예전에는 바나나가 귀한 음식이었다고 한다. 지금은 쉽게 먹을 수 있는 과일이라, 상상이 잘 안되지만. 종종 바나나가 얼마나 귀했는지 아느냐는 이야기를 들으면, 감탄보다는 웃음이 먼저 난다. 그런데 최근 이런 바나나가 멸종될지도 모른다고 한다. 이런 소식을 들으니, 마트에서 바나나를 마주치면 한 번 더 눈길이 가곤 한다. 손쉽게 먹을 수 있었는데, 그러지 못할 수도 있다는 생각이 들자 괜히 섭섭한 마음이 드는 것이다.

대부분 봄이 다가오면 목련과 개나리, 벚꽃을 떠올린다. 멋지게 피는 장소에는 일부러 꽃놀이하러 가기도 한다. 그중 민들레를 떠올리는 사람은 드물다. 나역시 봄에 민들레 꽃놀이하러 간다는 이야기를 들어본 적은 없다. 다른 꽃처럼 커다란 나무에서 피는 것도 아니고, 그 모습이 특별히 화려한 것도 아니다. 자연스레 바닥에서 피는 노란 꽃과 눈을 마주치기가 쉽지 않다.

그런데 특별한 노력 없이, 자주 민들레와 눈이 마주치곤 한다. 집 앞 시멘트 계단 사이, 늘 다니는 인도의 틈새, 근처 가게의 큰 나무 아래 등 매일 지나치는 곳에 민들레가 피어 있었다. 어쩌면 봄은 민들레의 계절이라 불러도 될 만큼 도시 곳곳에 작은 노란 물결이 흐르고 있었다.

그때부터 종종 나 혼자만의 민들레 찾기가 시작됐다. 그런데 민들레 사이에 소문이라도 난 걸까. 오히려 민들레가 나에게 찾아왔다. 작년 겨울쯤 깨진 화분을 문 앞에 내어 두었다. 치워야지 다짐만 하다가 계절이 바뀌어 봄이 되었다. 더는 미룰 수 없겠다 싶어 나가 보았는데, 글쎄 거기에 노란 민들레가 자리를 잡고 있었다. 아주 예쁘게 피어난 모습을 보니, 화분을 버리려던 생각은 잠시 접어 두게 되었다. 내년에도 민들레가 또 찾아올 수 있으니, 오히려 치우지 말아야겠다는 생각이 들었다.

아마 민들레가 어느 날 갑자기 사라질 일은 없을 거다. 길가의 민들레 홀씨가 날리고, 나도 가끔 '후- 후-' 바람을 불어 홀씨를 날려 본다. 그 안에 어떤 소망이나 바람은 없지만, 그 홀씨가 언젠가 노랗고 예쁜 꽃으로 돌아왔을 땐 꼭 작은 행복이 피어난 느낌이 든다. 언젠가 아모도 따스한 봄날에 우연히 민들레를 발견하길 바란다. 그럼 오늘 우리가 즐겁게 나누어 불었던 홀씨와 작은 행복이 떠오르겠지.

개미는 오늘도 나란히

　고속도로가 막힐 때, 맨 앞차는 무얼 하고 있을지 정말 궁금했다. 사고가 난 건지 혹은 너무 쉬엄쉬엄 가느라 막히는 건지 말이다. 마음 같아서는 대체 무슨 일인지 확인하고 싶지만, 그럴 수 없어 여러 상상에만 그친다.

　개미의 세계도 그렇다. 제일 첫 번째 개미는 어디 있을까? 어릴 때부터 개미 떼 구경하기를 즐겼다. 멀리서 보면 작은 점처럼 보이지만, 치열한 움직임이 눈길을 끌었다. 보다 보면, 그들 나름의 규칙을 발견할 수 있다. 혼자서 들고 이동할 수 없는 커다란 양식을

발견하면, 도움을 요청한다. 더듬이를 움직여 소통하거나, 멀리 있는 다른 동료를 데려온다. 다리가 없는 곳은 서로의 몸을 연결해서 이동하고, 돌멩이 같은 장애물은 넘어가지 않고, 꼭 돌아서 간다.

누가 개미의 맨 앞에서 진두지휘하는 걸까. 그 많은 개미가 헤매지 않고 집으로 돌아가는 모습을 보면, 신기하기도 하지만 문득 부럽기도 했다. 내 인생에도 그런 길잡이가 있으면 조금 더 수월하지 않을까. 어려

운 걸림돌이 내 앞에 닥치면 '이렇게 돌아서 가면 돼.' 알려 주면 좋겠다. 하지만 내 마음은 변덕스럽게도, 즐거운 일은 미리 알려 주지 않았으면 한다.

행복한 일이 생길 거라는 걸 미리 알게 된다는 건, 김 빠진 탄산음료를 마시는 것과 같다. 더 맛있게 즐길 수 있는데, 그러지 못한 기분이다. 이런 작은 욕심에서 비롯된 생각은 나를 또 다른 생각의 방향으로 이끌고 간다. 일상의 우연 안에 모든 정답이 있구나.

어려운 일도 맞닥뜨리지 않고 돌아가면, 그 순간은 아마 편할 것이다. 하지만 성장하진 못한다. 넘을 수 있는 고비의 한계가 항상 똑같은 것이다. 하지만 한 번 장애물을 넘고 나면, 그 뒤엔 더 높은 높이도 훌쩍 넘을 수 있게 된다. 비록 겁은 날지라도, 결국 해내고 마는 것이다.

좋은 일도 마찬가지다. 결과를 기다리며 긁는 복권이 재미있고, 걷다가 우연히 들어간 카페에서 내 취향의 노래를 발견할 때 소소한 행복을 느낀다. 아마 누군가 미리 나에게 알려 주었다면, 나는 그 카페를 가는 대신 다른 선택을 하겠지. 어쩌면 맨 앞의 개미도 사실은 우연에 기대어 멋진 모험을 하고 있는지도 모르겠다. 본 적이 없어 알 수 없지만 말이다.

어떤 일은 시작점을 알 수 없지만, 끝내 해내고 마는 일들이 있다. 사소하게는 핸드드립 커피를 내리는 일, 식물 가꾸기 그리고 꾸준히 하는 운동 등등. 몇 가지 일들은 어떤 계기가 있었는지 잘 기억나지 않는다.

하지만 나는 여전히 커피 내리기를 좋아하고, 처음에는 맛없었던 커피가 이제는 아주 맛있는 커피가 되었다. 매번 시들었던 식물도 이젠 멋진 꽃을 피워내고 있다. 역시 나를 바꾸는 건 인생의 내비게이션이 아니라, 그저 앞으로 나아가는 일이다. 그 속에서 만나는 우연을 통해 어제보다 조금 더 성장하는 내가 된다.

마음을 확인하는 버스 정류장

정류장에서 타야 할 버스를 몇 대나 보낸 적이 있다. 버스 번호를 보지 못해서도 아니고, 목적지가 바뀌어서도 아니다. 그저 마음 맞는 친구와 이야기를 나누다 보니 그랬다. 친구가 좋아하는 영화가 궁금했고, 내가 좋아하는 책의 줄거리를 읊어 주는 시간이 즐거웠다. 나만의 렌즈로 보던 친구를, 다르게 볼 수 있었다. 우리 마음의 거리가 한 뼘쯤 좁혀지고 있구나 싶었다.

그런데 야속하게도 친구는 나에게 버스를 왜 타지 않느냐고 몇 번이나 물어 왔다. 친구는 나와 함께 있는 시간이 즐겁지 않은 건지, 우리가 통한다고 느끼는 이 마음은 나뿐인 건가, 서운했다. 어쩌면 친구가 내 마음을 알면서도 모르는 척하는 게 아닐까 싶기도 했다. 버스 정류장은 서로의 마음을 확인하는 장소이기도 하다. 더 좋아하는 사람의 눈에는 버스 보다, 벤치에 앉은 이에게 더 오래 시선이 머무른다.

가끔은 목적지 없이 정류장에 앉아 있곤 한다. 바

람이 살랑살랑 불고, 덥지도 춥지도 않은 딱 좋은 날씨. 급한 일도 약속도 없이 느긋하게 앉아 있는다. 매번 버스가 들어오는 방향만 보며 기다렸는데, 이런 날은 미처 보지 못했던 주변을 둘러본다. 새삼 버스 안에서 바라본 풍경을 밖에서 보니 색다르게 다가온다. 네모난 창문의 시선으로 보았을 땐, 창틀에 가려져 '시시'로 보였던 글자가 밖에서 마주하니 '싱싱'이었다. 새로운 발견이다.

정류장에서는 주변 풍경 외에도 바쁘게 움직이는 사람을 관찰할 수 있다. 그럼, 누군가를 콕 집어 마음속으로 스토리를 만들어 준다. 내 앞에 바쁘게 스마트폰을 보고 있는 저 사람은 방금 회사에 반차를 쓰고 나와서 뜬금없이 푸른 바다가 보이는 부산으로 가려 한다. 즉흥 여행이라 숙소와 기차표를 예매하기 위해 액정을 한참이나 두드리고 있는 거다. 그렇게 그가 목적지에 향하는 버스에 몸을 실으면, 마음속으로 '잘 다녀와요!' 들리지 않는 인사를 한다.

그렇게 난생처음 보는 이에게 따스한 마음을 얹어 보내기도 하고, 잠깐의 고민은 기다리던 곳에 두고 버스에 몸을 싣기도 한다. 정류장은 많은 사람이 오가는 곳이기도 하지만, 다른 눈으로 바라보면, 여러 마음이 모였다가 흩어지는 곳이기도 하다.

나를 위한 일

　끼니를 제대로 챙기지 않으면 꼭 탈이 난다. 일이 바빠 며칠 동안 식사를 라면, 김밥으로 대충 때웠다. 며칠 지나자 바로 몸에 기운이 없어졌다. 팔이 바닥에 닿을 정도로 늘어진다. 내 몸은 스스로 챙겨 주지 않으면 바로 티가 난다. 별다른 반찬이 없어도 괜찮다. 예쁜 그릇에 옮겨 담고, 나를 위해 밥상을 차려 먹으면 된다. 그렇게 며칠 먹으면, 다시 기운이 돌아온다. 내 몸이 알고 있기라도 한 것 같다. 나를 위해 음식을 담고, 상을 차리는 정성을. 예쁘게 차린 밥상은 먹는 내내 기분을 좋게 한다. 스스로 대접하는 일도 여러 번 해 보아야 익숙해진다.

나를 위한 일은 식사 말고도 여러 가지가 있다. 가끔 쉽게 잠들지 못하는 날이 있다. 내일에 대한 걱정이나 여러 생각으로 잠들지 못한다. 그럴 땐 다음 날 차를 마시는 상상을 한다. 머리로는 마치 지금 차를 내리는 것처럼 구체적으로 그려낸다. 뇌를 잠깐 속이는 것이다. 새로 산 차를 예쁜 잔에 우려내야지. 어떤 잔이 좋을까, 컵 받침도 함께 고르다 보면 어느새 스르륵 잠들고 만다. 다음 날 눈을 뜨면, '맞다, 차 마셔야지!' 하며 잊지 않고 차를 마신다. 사소하고 단순한 일이지만, 내 일상에 활력이 생긴다.

언젠가 파란 의자를 갖고 싶었다. 동그란 모양이었는데, 얼마나 갖고 싶었던지 그림을 그려 놓을 정도였다. 한 달 동안 열심히 일해서 사야겠다고 다짐했다. 하지만 정작 월말이 되자, 아깝다는 마음이 들어 사지 못했다. 금전적인 문제가 아니었다. 몇 주를 그 의자 하나를 보며 달려왔는데, 덜컥 사 버리면 목표에 대한 내 열망이 사그라드는 게 아까웠다. 그래서 그 마음을 뒤로 밀어 둔 채, 다음 달에 사야겠다고 다짐했다. 목표를 위해 열심히 일하는 나를 속이는 거다. 그렇게 몇 달을 열정 가득하게 보냈다.

책에서 이런 내용을 읽은 적이 있다. 아주 먼 미래의 목표를 구체적으로 적어 놓으라는 것이다. 그렇게 하면, 무의식적으로 그 목표를 위해 계속 노력하고 이룰 수 있다는 것이다. 이런 방법도 좋다. 하지만 나에게는 바로 당장 목표를 정하는 방식이 잘 맞았다. 먼 미래의 목표는 바로 이루어지지 않으니, 조바심이 났다. 내가 나를 잘 아니, 목표를 설정할 때도 터무니없는 것은 제외했다.

최근에는 팝송 한 곡을 전부 외우기로 했다. 영어 공부할 때, 귀가 트인다는 이유로 해외 라디오와 강연을 들으라는 조언을 받았다. 나는 나를 잘 안다. 그 조언은 기초가 어느 정도 있는 사람이어야 쓸모 있다. 단어 하나도 무슨 뜻인지 모르는데, 무작정 듣는다고 해서 달라질 게 없었다. 그래서 작은 목표를 세웠다. 멜로디가 좋았던 노래의 한 문장을 그날그날 외웠다.

결국 그 곡의 뜻을 다 외우고 이해하는 데 그리 오래 걸리지 않았다.

하루가 변함없고 지루하게 느껴지면, 또다시 새로운 목표를 세운다. 우선 내가 좋아하는 것부터 다시 되새겨본다. 나는 살랑살랑 부는 바람이 내 얼굴을 스칠 때, 뜨거운 여름날 시원한 아이스 아메리카노의 딸랑하는 얼음 소리, 예쁘게 꾸민 다이어리, 잘 깎은 연필의 냄새, 다 읽은 책의 맨 뒷장 등을 좋아한다. 누군가는 좋아하는 게 너무 없어서 걱정이라고 하는데, 나는 좋아하는 게 너무 많아서 탈이다.

어떤 분야든 확고한 취향을 가지는 게 좋다. 사람들의 취향은 다양하다. 관심 있는 한 가지에 깊이 몰두하면, 전문가가 된다. 처음이 어렵다. 가끔 결정을 어려워하는 사람이 있다. "뭐 먹을래?" 물어보면, "아무거나.", "어디 갈래?" 질문에는 "아무 데나."라고 답한다. 상대방을 배려하기 위해 그런 답을 하기도 한다. 하지만 버릇처럼 결정을 미루는 이도 있다. 무엇에도 열정이 없는 것이다. 그럴수록 아주 작은 것부터 관심을 두어야 한다. 단순하게 내가 좋아하는 걸 찾다 보면, 취향이 생긴다.

취향 일기를 써보는 것도 좋다. 거창한 게 아니라, 하루 중에 내 기분을 좋아지게 하는 걸 쭉 쓰는 것이다. 맛있는 커피를 마셔서, 산책하는데 새소리가 들려서, 침구가 포근해서 등의 이유로 기분이 좋을 수도 있다. 사소한 것도 놓치지 않고 쓴다. 그렇게 작은 일이 모여, 어느 순간 '내가 좋아하는 것'이 된다. 이미 여기까지 해도, 하루가 다채롭게 느껴진다.

작은 목표를 세울 때는, 잊고 있던 취향 목록을 떠올린다. 바람을 맞기 위해 산책 10분 하기, 아메리카노를 마시기 위해 마음에 드는 카페 찾기, 일주일 동안 미루지 않고 일기 쓰기처럼 말이다. 작게 시작한 목표를 이룰 때마다, 내가 소중한 사람이라는 사실을 다시 한번 깨닫는다. 내 기분이 좋아지는 일이 이렇게나 많았구나.

위로의 디저트

'다이어트는 내일부터'라는 말이 있다. 나도 항상 다짐하지만, 매번 미뤄지고 만다. 오늘도 그렇다. 맛있는 디저트 앞에서 다이어트 생각은 저 멀리 뒤로 멀어진다. 거하게 점심을 먹고 온 후인데도 그렇다. 한국인에게 밥 배와 디저트 배는 따로라던데, 정말 그런 것 같다.

디저트가 좋은 이유 몇 가지가 있다. 우선 눈이 즐겁다. 제철 과일이 알록달록 올라갈 때면, 색감도 예쁘고 맛도 좋다. 휘핑크림을 동그랗고 삐쭉한 모양으로 장식하는 것도 마찬가지다. 작은 건 작은 대로, 큰건 그거대로 각자 매력이 있다.

오늘 내가 고른 메뉴는 딸기가 올라간 파운드케이크다. 조금 뻑뻑한 식감이 새콤달콤한 딸기로 중화되어 잘 어울리는 맛이다. 이런 파운드케이크에는 재미난 유래가 있다. 영국의 한 할머니가 만든 레시피인데, 모든 재료를 공평하게 1파운드씩 넣고 구운 것이다. 밀가루, 달걀, 설탕, 버터 등이 모두 1파운드라 파운드케이크라니. 재미있는 유래다.

문득 기분도 모두 계량할 수 있다면 좋을 텐데 싶다. 오늘치 기분 즐거움, 설렘, 불안, 초조함을 공평하게 1파운드씩 섞어 잘 만들어 내는 거다. 그럼 '블루의 기분 파운드케이크'가 되겠지. 과연 어떤 맛일까. 실없는 상상 대신, 눈앞의 케이크를 먹는다.

디저트가 좋은 또 다른 이유는 울적한 기분을 달래준다는 점이다. 달콤한 디저트가 입에 들어가면, 마음속의 쏩쏠함이 중화되어 내려간다. 플러스와 마이너스가 만나면 제로가 되듯이, 그렇게 기분이 조금 나아진다.

매년 같은 자리에 피는 민들레

항상 같은 자리를 지키는 건 어떤 느낌일까. 추운
겨울이 지나고 푸릇푸릇한 새싹이 나올 때쯤이면, 커
다란 나무 아래에 민들레가 핀다. 몇 년 째 까먹지도
않고, 꼬박꼬박 그 자리에서 피어난다. 올해도 마찬가
지다. 늘 같은 자리에 새로운 생명이 피어나고, 사그
라들었다가 다시 생겨난다. 신기한 일이다.

겨우내 땅속에서 봄을 위해 준비하고 있었겠지. 차갑고 딱딱한 땅 속에서 준비하고 있었을 민들레를 보면, 대견하고 신기하다. 새삼 나도 아모에게 민들레 같은 친구가 되어 주고 싶단 마음이 든다. 보면 기분이 좋아지고, 안 보일 때도 항상 아모를 생각하는 친구.

꼬박꼬박 같은 자리에 피어나는 민들레에게 인사를 건넨다.

"내년에 또 보자!"

2장

창밖의 날씨는 맑음

식물의 목소리에 귀 기울이면

　나에겐 반려 식물이 있다. 그것도 꽤 많은 녀석에게 집 한쪽을 내어주고 있다. 처음에는 작은 다육이를 데려왔는데, 곧장 시들었다. 관심을 쏟는 만큼 더 잘 자랄 거로 생각했는데, 알고 보니 지나친 관심이 문제였다. 물을 너무 자주 주는 게 오히려 독이 된 거다. 또 어떤 식물은 너무 애지중지하느라 되려 바람을 쐬지 못해서, 혹은 볕을 못 봐서 시들었다.

　식물은 말할 수 없으니, 내가 얼마나 야속하게 느껴졌을까. 그때의 미안함을 잊지 않고, 요즘은 식물의 마음에 자주 귀 기울인다. 그러다 보니 그들만의 조용

한 자기표현 방법을 읽을 수 있게 되었다.

식물마다 물 주는 시기도 다르고, 물을 좋아하거나 싫어하는 식물이 나뉜다. 그래서 기록을 위해 식물일기를 썼다. 저마다 이름을 지어 주고, 물을 준 날과 흙이 마르기 시작한 날 등을 기록했다. 그렇게 세심하게 들여다보니 드디어 그들의 목소리가 들리기 시작했다.

"나 목말라.", "바람을 맞고 싶어.", "답답해. 햇살이 그리워." 그리고 아주 드물게 "지금 화분은 너무 작은 것 같아."라는 소리도 들린다. 한번 듣기 시작하니, 그 후로는 작은 잎사귀가 하나씩 자라는 것도 눈에 띄었다.

요즘 '마오리소포라'라는 식물을 키운다. 이 녀석은 제법 키우기 까다롭다. 물, 바람, 햇빛의 삼박자가 어느 하나 모자라지 않게 적절해야만 무럭무럭 자란다. 최근 아주 작고 얇은 실처럼 보이는 연두색의 무언가가 자라났다. 처음에는 먼지가 붙은 줄 알고 잡아당겼다. 하지만 떨어질 리 없지. 며칠 뒤 다시 보니 그건 새로운 나뭇가지였다. 잎사귀가 자라는 건 많이 보아 왔는데, 가지가 새롭게 자라는 모습은 처음이었다. 그래서 나도 모르게 "우아!" 하고 소리쳤다.

그 뒤로는 그 녀석의 목소리에 더 집중했다. 내 마음이 잘 닿았는지, 녀석은 가지를 길게 뻗어내고 그 위로 작은 잎사귀를 총총 내보였다. 그 모습이 너무 사랑스럽게 느껴져서 그날은 손을 모아 소곤소곤 내 마음을 전했다.

"정말 고마워. 이렇게 귀여운 잎사귀를 보여줘서."

소소하지만 확실한 행복의 장소

　예전에는 심드렁했는데, 요즘에야 체감하는 말이
있다. 소소하지만 확실한 행복이라는 뜻의 '소확행'
이다. 요즘 내 열쇠고리는 귀여운 인형으로 가득하
다. 처음에는 한두 개였는데 어느새 제법 모였다. 이
제 배보다 배꼽인 격으로 정작 열쇠보다 인형의 무게
가 더 나간다. 하지만 확실한 행복의 무게이니 이쯤
은 견딜만하다.

　사람마다 스트레스 푸는 방법은 제각각일 것이다.
나는 주로 친구와 만나 수다를 떨거나, 쇼핑하는 걸로
푸는 편이다. 언젠가 회사 때문에 스트레스가 심했던

날이 있었다. 친구를 만나 하소연 하기엔 이미 몇 번이나 고민을 털어놓은 터라, 내키지 않았다. 기분 전환으로 백화점에 가야겠단 생각이 들었다. 아차, 그런데 지갑이 얇아도 너무 얇다.

백화점 대신 택한 곳은 서점과 소품숍이었다. 다양한 책을 보면, 머릿속 생각이 환기되곤 한다. 어떤 문장을 읽는 일은 그 사람을 읽는 것과 같다. 작가가 가진 생각이나, 분위기를 느낄 수 있어 좋아한다.

책이 좋아서라는 이유도 있지만, 서점이라는 장소 자체가 주는 분위기를 좋아한다. 평소 관심 없던 분야도 괜히 한번 뒤적여 본다. 새 책이 가진 특유의 종이 냄새와 여러 분야의 책 사이를 이리저리 돌아다니다 보면, 어느새 내 마음을 흔드는 문장을 발견하곤 한다. 그렇게 그날 내 마음에 들어온 책을 사고 돌아서면, 언제 기분이 나빴냐는 듯 설렘만 남는다.

아기자기한 물건이 많은 소품숍도 좋다. 들어설 때 '이건 어디에 쓰는 거지?'라는 생각은 잠시 놓아두어야 한다. 엽서, 마스킹테이프, 다양한 필기구와 캐릭터 열쇠고리까지 다양한 물건이 눈길을 사로잡는다. 요즘 내 최대의 관심사는 인형과 열쇠고리다. 물론 그 둘이 합쳐진 조합은 더 말할 것도 없다.

아는 지인이 작고 귀여운 인형을 매일 갖고 다니길래, 이유를 물은 적이 있다. 돌아온 답변은 그 인형을 보면 웃음이 나와 스트레스가 다 풀린다는 것이다. 그래서 외출할 때 항상 함께한다고 했다. 그런 방법이 있다니!

그날 이후로 나도 스트레스를 받는 날이면, 종종 소품숍에 들렀다. 귀여운 물건을 보면, 마음이 조금 말랑말랑해진다. 하나, 둘 사다 보니 어느새 내 동선 곳곳에도 귀여운 인형이 함께하게 되었다. 그렇게 소소하지만, 확실한 행복이 내 곁을 머물게 되었다.

여름의 맛

복숭아가 생각날 때쯤이면, 여름이 왔다는 생각이 든다. 누군가는 수박이야말로 여름의 과일이라고 하지만, 나는 복숭아가 좋은걸. 보들보들 아기 엉덩이 같은 복숭아를 잔뜩 씻어서 배부를 때까지 먹는 일은 여름이 나에게 주는 작은 행복이다. 온몸이 달달, 상큼해지는 것 같다. 선풍기 바람까지 있다면 금상첨화다.

물컹한 말랑 복숭아도, 베어 물면 아삭 소리가 나는 딱딱 복숭아도 모두 좋다. 내가 말이 없는 아모, 활짝 웃는 아모, 걱정 많은 아모도 모두 좋아하듯이 말

이다. 제일 좋은 건 좋아하는 아모와 같이 좋아하는 복숭아를 먹는 거다.

"같이 먹어서 더 맛있는 것 같아."

복숭아와 시원한 선풍기 바람만 있다면, 여름의 더위도 끄떡없다. 아, 거기에 만화책을 보다 잠든다면 최고의 하루다. 이런 날은 카드값과 월세로 몽땅 빠져나가 횅한 통장에 대한 걱정도 잠시 내려놓을 수 있다.

"이런 게 여름의 맛이지!"

커다란 나무 그늘

언젠가 꼭 멋진 여행지에 가고 싶었다. 푸른 바다가 펼쳐져 있거나, 멋진 조각상이 장식된 거리를 걷고 싶었다. 그런 곳에 가는 게 좋은 여행일 거라 막연하게 생각했다. 그런데 그 '멋진 여행지'는 다른 사람들 눈에 그럴싸하게 보이는 곳이었다는 게 더 맞을 것이다. 사실 나는 바다보다는 푸른 잔디가 좋고, 조각상보다는 커다란 나무의 가지를 세는 걸 더 좋아하는데 말이다. 다른 이의 취향에 휩쓸려 그게 꼭 내가 원하는 것이라 착각했던 것 같다. 곰곰이 생각해 보면, 진짜 내 마음을 떨리게 하는 건 다른 것들인데 말이다.

이렇게 큰 나무 그늘 밑에 있으니, 바람도 살랑살랑 불고 정말 행복하다. 그렇지?

응, 정말 좋네.

커다란 나무가 주는 그늘이 좋다. 뜨거운 햇살 아래 묵묵히 지키고 있는 나무를 마주친 적이 있다. 사실 그전까지는 더운 날 사람들이 돗자리를 펴고 앉아 있는 모습이 이해되지 않았다. 더위엔 에어컨 바람을 쐬며 집에 누워 있는 게 최고지, 밥은 집에서 편하게 먹는 게 좋지. 이런 생각은 잠깐 앉아 본 그늘에서 바람과 함께 날아가 버렸다. 왜들 그리 돗자리 밑에서 유유자적 시간을 보내는지 충분히 알 수 있었다.

나무 아래 그림자 세계는 마치 다른 경계에 있는 것 같다. 바쁘게 우는 매미 소리와 살랑살랑 불어오는 바람은 꼭 그 안에서만 유효한 느낌을 준다. 그림자 밖의 공간은 자전거를 타고 멀어지는 사람과 손수건으로 땀을 훔치거나 빠르게 걷는 사람들로 가득하다. 그런데 한 발짝만 그늘 안으로 들어오면, 나를 스치고 지나가는 바람을 오롯이 느낄 수 있다. 아마 이 계절이 지나면, 오래도록 이 시간을 되짚어 볼 것 같다.

오늘의 일기

가끔 억울한 상황에서 꾹 참아야 하는 날이 있다. 아무 말도 못 하고, 속상함을 꾹꾹 마음에 눌러 담아야 하는 날. 그런 날에는 꼭 일기를 쓴다. 내 속이 새카맣게 변하지 않도록.

아주 어릴 적부터 일기를 썼다. 아마 첫 일기는 스스로 썼다기보다는, 학교 숙제여서 의무감으로 써냈던 기억이 난다. 그런데 어쩌다 보니 꾸준히 계속 쓰게 됐다. 아마 일기는 나만의 대나무숲이기 때문인 것 같다. 부당한 일을 당했을 때, 속상하거나 울적한 마음이 들 때, 그런데 어딘가 털어놓을 곳도 마땅치 않을 때. 나는 그럴 때마다 펜을 들었다. 일기장에 내 감정을 쏟아놓을 때마다 스트레스가 풀리는 것 같았다.

어떤 날은 일기 첫머리에 비속어를 써 내려가기도 했다. 문맥이나 맞춤법을 따지지도 않고, 내 마음에서 나오는 대로 써 내려갔다. 일기장에게는 조금 미안하지만, 그렇게 한참을 투정과 푸념을 풀어냈다. 가끔은 인간관계에서 받은 상처에 관한 내용으로 채워지기도 했고, 어떤 날에는 내 마음속에 있는 속상함이 쏟아져 내리기도 했다.

그렇게 오늘치의 감정을 털어내고 나면, 내 마음은 처음보다 조금 나아졌다. 그리고 누군가를 대나무숲으로 이용하지 않아 다행이라는 생각도 하게 된다. 내 마음의 어둠은 결국 내 몫이다. 친구나 가까운 이에게 털어놓는 것도 해결책이 되진 못한다. 만약 내가 그렇게 하더라도 아주 잠깐 홀가분해지고 만다. 오히려 상대방은 나로 인해 부정적인 감정이 옮기도 한다. 그래서 나는 일기장의 힘을 신뢰한다.

어차피 고민은 확실한 원인이 해결되지 않으면, 매번 같은 이유로 힘들다. 고민이 계속되면, 부정적인 감정을 끌어들인다. 그 감정이 깊어지면 어둠을 불러온다. 그렇게 어둠에 휩싸이면, 무엇을 하던 재미 없고, 지치고, 힘들기만 하다. 이런 감정을 친한 친구라고 상대에게 털어놓으면, 그 사람은 어떻게 될까. 나는 어둠을 옮기고 싶지 않다.

우울함은 누구에게나 찾아온다. 아주 열심히 일하고 있다가도, 집에 가만히 누워 있거나 즐겁게 놀고 있을 때도. 그렇게 갑자기 찾아온다. 마음의 먹구름은 처음에는 나를 살짝 건드리고 지나친다. 그러다 어느 순간 가랑비에 몸이 전부 젖어 버리듯 내 안으로 파고 들어 온다. 그걸 알아챘을 때는 이미 헤어 나오기 힘든 상황이다.

이럴 땐 약도 소용없다. 근본적인 문제가 해결되지 않기 때문이다. 사람마다 다 극복 방법은 다르겠지만, 나는 무작정 책을 읽는 게 도움 됐다. 처음엔 글자가 눈에 들어오지 않았다. 한 글자 한 글자 읽어 나가는 게 어렵게 느껴졌다. 하지만 마음의 먹구름을 끼고 사느니, 그냥 책 읽는 어려움을 느끼는 게 나았다. 그렇게 읽다 보면, 어느새 마음을 울리는 한 문장을 발견하기도 한다. 그럴 땐 나만 알게 표시해 두었다가 일기장에 옮겨 적는다. 그런 문장은 오래도록 내 입가를 맴돈다. 되새길 때마다 조금씩 나를 위로하는 힘이 된다.

가끔 지난 일기를 다시 읽어 내려갈 때가 있다. 그럼 화난 날의 일기는 대번에 알아볼 수 있다. 빠르게 써 내려간 글씨는 그때의 나만큼이나 화가 나 있다. 엉망진창에 꾹꾹 눌러쓴 글씨. 뭐라고 썼는지는 잘 보이지 않지만, 그때의 감정만은 고스란히 느껴진다. 그런데 신기한 건, 그땐 분명 세상이 끝날 것처럼 화가 났었는데, 다시 읽어보면 그리 큰일은 아닌 것처럼 느껴진다. 오히려 웃음이 나올 때도 있다. 내가 이런 일에 화를 냈었구나. 우울함도 마찬가지다. 그땐 어둠 속에 빠져 있느라 주변을 보지 못했다. 그런데 찬찬히 다시 보니, 어둠 옆에 아주 작은 빛도 늘 함께였다. 일상 속 소소한 즐거움이 주변을 맴돌고 있었다.

기분이 좋거나 일이 많아서 정리가 필요할 때도 일기를 쓴다. 이런 날의 일기는 글씨체도 또박또박하고, 차분히 써 내려간다. 일이 많을 때는 체크 리스트를 주로 이용한다. 보통 핵심적인 일만 쓰고, 구체적인 내용은 일기장에 쓰는 편이다. 예를 들면 체크 리스트에는 "인쇄소 가기."라는 할 일만 쓴다. 일기장에는 "충무로 인쇄소 사장님을 만나 다이어리 넘기기. 혹시 모르니 박카스라도 사갈까?"라고 사적인 생각을 곁들인다. 그리고 다음 날 일기장 밑에 아주 작은 글씨로 "역시 박카스를 사 가길 잘했어." 하는 내용이 추가 된다. 이렇게 하면 내 앞에 놓인 수많은 일들이 조금 즐겁게 느껴지기도 한다.

사람은 누구나 힘들고, 매일 행복할 수 없다. 하지만 내 기분과 다르게 천천히 주위를 보면, 행복은 가까이, 내 옆에 늘 있다. 그래서 항상 나를 돌아보아야 한다. 그래야만 소중한 행복을 놓치지 않고 알아차릴 수 있다.

여름의 쉼표

여름의 구름은 폭신폭신한 솜사탕 같다. 그 위에서 폴짝폴짝 뛰어놀면 좋겠지만, 아쉽게도 여름의 공기는 끈적하고 습하다. 이런 날에 솜사탕 위에서 뛰어놀면, 온몸이 끈적해지고 만다. 그러니 오늘 같은 날엔 시원한 수박이 딱이다.

수박을 맛있게 먹기 위해선, 우선 슈퍼에 간다. 맛있는 수박을 골라 집까지 열심히 들고 가야 한다. 가는 동안 땀이 주루룩 흐르지만 괜찮다. 이 간절한 노력이 수박을 더 달게 먹을 수 있도록 해준다.

그렇다면 맛있는 수박을 고르는 방법도 중요하다. 통통 두드려 소리를 듣는 것도 좋지만, 나만의 수박 고르기 비법이 있다. 우선 제일 선명한 줄무늬의 수박 앞에 선다. 그리고 이제 그 수박의 암수를 구별한다. 어떻게 하느냐고? 조금 길쭉한 모양의 수박이 숫수박이고, 동그란 모양이 암수박이다. 여러 수박 중에 동그란 수박을 골랐다면, 이제 배꼽을 보아야 한다. 수박의 밑둥의 꼭지를 배꼽이라고 하는데, 처음에는 그

모양과 이름이 제법 잘 어울려 웃었던 기억이 있다. 수박이 충분히 익을수록 배꼽이 점점 말려 들어가 작아지는데, 그래서 작은 배꼽일수록 달콤하다. 여기까지만 해도 충분히 달콤한 수박을 고를 수 있다.

맛있는 수박의 반은 얼음과 함께 갈아서 스무디로, 나머지는 뚝뚝 잘라서 먹으면 수박의 맛을 다양하게 느낄 수 있다. 아직 한참 남은 여름 중간에 수박을 먹는 건, 쉼표와도 같다. 남은 무더위를 잊고, 수박을 먹는 잠시동안은 시원하게 보낼 수 있다.

툇마루에 앉아 뚝뚝 자른 수박을 한입 먹고, 이리저리 입안을 굴려 씨를 찾아 툭 뱉어낸다. 더위도 잠시 멈춘 것 같은, 달달한 시간이다.

툭!

마음의 온도

마음에도 온도가 있다. 무언가를 향하는 마음은 뜨겁고, 반대로 미움과 무관심은 차갑다. 좋아하는 사람이 곁에 있으면, 자꾸 눈길이 간다. 마주치지 않더라도, 나도 모르게 자꾸만 향한다. 반대로 불편한 이와의 자리에 가게 되면 주변으로 시선이 향한다. 그가 말하는 얼굴 대신 뒤편의 풍경을, 혹은 앞에 놓인 잔을 보게 된다.

그런데 모든 건 영원하지 않아서 그곳에도 계절이 지나간다. 언젠가 내 가슴을 뛰게 했던 노래가 이제는 그냥 평범한 노래로 들리고, 싫어했던 가지는 직접 요리해서 먹는 음식이 되었다. 그렇게 마음에도 계절이 지나간다.

요즘 내 마음은 어디쯤 지나고 있을까. 새로운 일을 시작할 때는 늘 설레는 편이다. 낯선 도전에 대한 두려움도 있지만, 그보다는 무언가를 알아간다는 즐거움이 더 앞선다. 무채색의 일상에 작은 열정이 한 방울 떨어지면, 수채화처럼 다채로운 색상이 펼쳐진다.

아마 이 수채화를 그려내면, 여름의 얼굴을 하고 있지 않을까. 무언가를 이루고자 하는 의지가 마치 뜨거운 태양처럼 나를 비춘다. 그때 흘리는 땀은 상투적이지만, 열정이라는 말과 가장 잘 어울린다.

이것저것 해보고, 실패를 맛볼 때도 있다. 하지만 늘 그렇듯 실패도 배움이다. 그럴 땐 시원한 아이스크림 하나 입에 물고 툭툭 일어서면 된다. 너무 뜨거운 열정 때문에 보지 못했던 주변을 다시 돌아보기도 하고, 잠깐 쉬어가는 거다. 그렇게 또 다른 계절이 흘러간다.

시냇물의 징검다리

시냇물의 징검다리는 누가 놓았을까. 아마 발이 물에 젖지 말라는 작은 배려에서 시작됐겠지. 조심조심 그 배려 위를 걷다 보면, 새삼 디딤돌이 참 정갈하게 느껴진다.

모난 돌은 디딤돌이 되기 어렵다. 밟았을 때 흔들리지 않고, 그 무게를 잘 받칠 수 있어야 한다. 작은 티끌에도 걸려 넘어질 수 있고, 휘청휘청 중심을 잃을 수도 있다. 어떤 것의 무게를 온전히 감당하기 위해선 편평한 마음을 가져야 하는지도 모른다.

하지만 모난 돌도 다 쓰임이 있다. 마냥 나쁜 게 아니다. 모든 형태가 그렇다. 예전에는 디딤돌처럼 온전히 부드러운 면만 갖고 싶었다. 그래서 상대의 기분이나 취향을 맞춰 주는 데 급급했다. 하지만 돌도 사람도 모두 같은 모양일 수는 없다. 제각각의 모습이 있고, 역할이 있다. 뾰족한 돌도 모양에 맞는 돌끼리 쌓아 올려 돌담이 될 수도 있고, 도구로 사용할 수도 있다.

이걸 알기까지 시간이 얼마나 걸렸던가. 지난날의 내 모난 돌부리도 이제는 보듬어 줄 수 있다. 꼭 모두 맞추지 않아도, 나와 맞는 마음이 있구나. 어쩌면 이걸 미리 알았으면 좋았을지도 모른다. 하지만 끝내 모른 채 지나갔을지도 모르는 마음을, 결국 알게 되었다는데 의미가 있지 않을까.

조금 다른 이야기지만, 징검다리를 건널 때면 가끔 느닷없이 걱정이 몰려온다. 제대로 걷고 있는데도 꼭 중심을 잃고 넘어질 것 같은 기분이 들 때가 있다. 계단을 내려갈 때도 가끔 넘어지는 상상을 한다. 그런데 이런 뜬금없는 상상이 사실은 자연스러운 거란 이야기를 들었다.

우리의 뇌는 실제로 일어날 수 있는 위험 요소를 대비하기 위해 시뮬레이션을 한다. 머릿속에서 넘어지고, 떨어지고, 무언가를 실수로 부수는 예행연습을 통해 실제의 나는 조금 더 안전해진다. 미래를 정확히 예측하는 건 어렵지만, 실제로 어떤 일이 벌어졌을 때 뇌는 이미 익숙한 상황이라 잘 처리할 수 있다. 그러니 이런 걱정도 자연스러운 것이다.

징검다리 하나에 담긴 작은 배려와 자연스러운 불안을 떠올리다 보면, 어느새 반대편에 닿아 있다. 모든 것은 시냇물처럼 애쓰지 않아도 흘러간다.

둥실둥실 튜브

　어릴 적 여름이 되면, 친구들이 부러웠다. 놀이동산이나 유원지로 가족여행을 다녀온 친구들이 나에게 어디로 다녀왔냐고 물으면, 부러움을 감추기 힘들었다. 나는 주로 온 가족이 모여 할머니 댁 근처의 계곡을 다녀오곤 했다. 산속에 흐르던 그 계곡은 동네 주민들 말고는 찾아오는 이가 없어 우리만의 작은 아지트였다.

　요즘은 그때처럼 가족이 모두 모여 여행을 가거나 식사하는 일이 자주 없지만, 그때는 왜 그렇게 열심히 모였는지 모르겠다. 사람이 많아서 음식도 늘 많았

다. 이모와 숙모는 항상 우리를 쓰다듬으며 '많이 먹으라.' 했다. 이미 많이 먹고 있는데도 말이다. 그때는 가족끼리 모이는 시간이 지루하게 느껴지고, 음식은 왜 이렇게 많은 걸까 싶었다. 지금 떠올리면, 우리를 아끼던 이모와 숙모의 마음이 느껴져 괜히 뭉클해지기도 한다. 가족이란 같이 있기만 해도 소중하고, 맛있는 걸 함께 나누어 먹는 그 시간이 얼마나 소중한지 이제는 잘 알고 있다.

사실 나는 물을 무서워했는데, 어쩌다 그렇게 되었는지는 잘 기억나지 않는다. 물에 빠질 뻔한 적도 없었던 것 같은데 말이다.

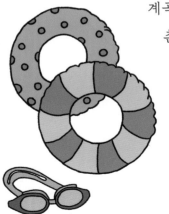

계곡에서도 겁내고 있는 나를 삼촌은 꼭 튜브에 태워 주었다. 나와 동생을 이쪽저쪽 밀어 주었는데, 그게 제법 신이 나 우리는 꺅꺅 소리질렀다. 삼촌이 힘들어서 못 한다

소리를 할 때도 우리는 계속 졸랐다. 그러면 삼촌은 못 이기는 척하며 계속 우리 튜브를 이리저리 밀어 주었다. 우리가 움직일 때마다 작은 물보라가 일었다. 다리 사이로 물살이 이리저리 감겨 오기도 했다. 지금도 숨 막히도록 더운 여름이 오면, 종종 그때가 떠오른다.

요즘은 명절이나 되어야 가족들이 모인다. 어린 시절의 대화와는 다르게 이젠 서로의 안부와 건강을 묻는다. '얼굴이 왜 이렇게 힘들어 보이냐.'라는 질문도 자연스럽게 오고 간다. 이모와 숙모는 각자의 생활로 바빠 1년에 한 번 볼까 말까 한다. 그래도 오랜만에 만나 서로 이야기를 하다 보면 시간이 가는 줄 모른다. 그러다 문득 누군가가 나에게 '많이 힘들지?' 물어 오면, 금방이라도 왈칵 눈물이 쏟아질 만큼 눈시울이 뜨거워진다.

얼마 전 숙모가 아주 편찮으셔서 중환자실에 계신다는 이야기를 들었다. 마음이 철렁하고 내려앉는 것 같았다. 한참 뒤에야 숙모와 통화할 수 있었다. 어렸을 적 화통한 목소리와 달리, 가늘고 떨리는 목소리가 수화기 너머로 들려왔다. 그 목소리를 듣자마자 왈칵 눈물이 쏟아졌다. 숙모가 살아 계신다는 안도감이 물밀듯 밀려왔다. 평소 잘 울지 않던 나였는데, 얼마나 아프셨을까 하는 걱정과 안도가 뒤섞여 펑펑 눈물이 쏟아졌다. 아마 숙모라서 그랬던 것 같다. 아마 이런 게 가족이 아닐까.

이제는 각자 일이 바빠서, 혹은 여러 사정으로 가족끼리 모이기도 힘들다. 나 역시도 일이나 이런저런 이유로 집을 비우기 힘들어 시간내는 것이 쉽지 않다. 심지어 서로 사이가 나빠진 가족도 생겨 더는 전처럼 함께 모일 일이 생기지 않을 것 같다. 서글프다. 가족이라는 이유로 모두 모여 다 같이 맛있는 음식을 배불리 먹고, 물놀이하고 깔깔 웃던 그 시절의 뜨거운 여름이 가끔 생각난다.

여전히 물이 무섭지만, 가끔은 어린 시절의 튜브가 그립다. 아무 생각, 고민도 없이 둥실둥실 튜브에 몸을 맡기던 시절. 반짝이는 물 아래로 발을 구르며 앞으로 나가던 시절. 머리 위로 쏟아지던 뜨거운 햇살도 아무것도 아닌 것처럼 여기던 시절이었다. 문득 그때처럼 뜨거워진 햇살을 이겨내고 싶다.

신발은 벗고 오세요

물결이 부서지는 소리와 함께 해변을 걷는 건 낭만적이기도 하지만, 마음을 정화하는 일이기도 하다. 파도가 모래사장을 씻어 내면서 내 발바닥도 스쳐 갈 때면, 어젯밤의 걱정은 아무것도 아닌 것처럼 느껴진다.

코에서 느껴지는 짠 내와 귓가의 갈매기 소리, 파도 소리는 현재에 집중할 수 있게 한다. 내가 지금 여기를 걷고 있다는 사실 외에 다른 건 중요하지 않게 느껴진다.

모래사장을 걸을 때는 맨발이 좋다. 사실 처음부터 그랬던 건 아니다. 밖을 나설 땐 항상 신발을 신는 게 익숙하다. 운동화건, 샌들이건 어떤 형태이든 발을 감싸고 있는 무언가가 사라진다는 게 영 낯설었다. 거기다 모래사장도 땅이고, 땅을 맨발로 밟는 게 어색했다. 그래서 언젠가 친구와 함께한 모래사장에서 발이 푹푹 빠져 가며 걸은 적이 있다.

운동화 사이로 모래가 까슬까슬하게 밀려왔다. 걸을 때마다 뒤꿈치가 쓸리고, 발가락 사이사이가 찝찝해졌다. 결국 신발을 벗고 걸었는데, 생각보다 모래가 부드러웠다. 신발을 신고 걸을 때는 마치 방해물처럼

느껴졌던 모래가 온전한 그 자체로 느끼자 전혀 다른 촉감으로 다가왔다. 적당히 뜨거워진 모래는 꼭 찜질하는 것처럼 느껴지기도 했다.

경험해 보지 않은 일은 겁이 난다. 혹은 어색하게 느껴져서 평소와 다르게 뻣뻣하게 행동하게 된다. 신발을 계속 신고 걷겠다고 고집을 부렸던 건, 이런 불안함 때문이었다. 막상 해 보면 생각보다 쉽고, 좋은데 말이다.

3장

마음이 가리키는 방향

비가 그친 풍경

"기다리던 캠핑이었는데, 비가 그치질 않네."

"괜찮아, 아모. 비 오는 숲도 운치 있는걸. 빗소리가 꼭 우리를 위한 연주 같지 않아?"

"그러게. 블루 네 말을 듣고 나니까, 빗소리가 다르게 들리는 것 같아."

어렸을 땐 비가 오는 날만 손꼽아 기다린 적이 있다. 미리 준비해 둔 장화와 우비를 입고 나가기 위해서였다. 소풍 가기 전날의 기분으로 머리맡에 모든 걸 놓아두고 잠들곤 했다. 그리고 다음 날 눈을 뜨면, 창가로 달려가 빗방울이 떨어지는지 확인부터 했다. 장화를 신은 채 물웅덩이를 찰박찰박 밟는 것도 좋았다. 사실 비가 오는 것보다, 비가 와야만 쓸 수 있는 물건들이 좋았기 때문인 것 같다. 모든 것이 마치 특별한 놀이처럼 여겨졌을지도 모른다.

　　소풍 갈 때만 먹을 수 있었던 엄마표 김밥, 찜질방
에서 하는 양 머리 모양 수건과 달콤한 식혜, 수영장
의 튜브와 수영복처럼 특별한 날과 장소에서만 할 수
있는 일들이 좋았다. 지금 돌이켜 보면, 사소한 일인
데 그때는 마냥 새롭고 큰 이벤트처럼 느껴졌다. 그래
서 어린 시절의 나를 가끔 본보기로 삼을 때가 있다.

오늘 예정된 캠핑에 갑작스러운 비가 쏟아졌다. 처음에는 왜 하필 오늘일까, 먹구름이 야속하게 느껴지기도 했다. 하지만 생각을 조금만 바꾸어 보면 빗소리도 연주처럼 느껴진다.

비 오는 날의 산책은 그 나름대로 운치 있다. 비 오는 날은 주변의 소음도 빗소리에 갇힌다. 웅장하게 우거진 나무는 평소보다 더 진한 향을 내뿜는다. 잎사귀에 빗방울이 부딪치는 소리는 작은 연주처럼 울리고, 숨을 크게 들이쉬면 짙은 녹색의 향이 온몸에 퍼진다. 물을 머금은 흙의 냄새도 흠뻑 맡아본다. 꼭 내가 정화되는 느낌이다.

비 냄새, 나무 냄새, 흙냄새와 우산으로 떨어지는 빗방울 소리는 잠시 다른 세계로 여행을 다녀오는 느낌을 준다. 딱 내가 쓴 우산 크기의 세계. 그 작은 세계 밖은 모든 시간이 멈춘 것처럼, 그렇게 고요한 시간 여행을 하고 온 기분이 든다. 비 오는 날에 나오길 정말 잘했다.

음악과 커피

    때로는 이유 없이 기분이 축축 늘어지는 날이 있다. 그런 날은 옷을 고를 때부터 평소와 다르다. 즐겨 입던 티셔츠도 괜히 이상하게 느껴지고, 좋아했던 옷을 걸쳐도 거울 속 내가 멋지게 느껴지지 않는다. 머리도 마찬가지다. 평소 하던 스타일 그대로인데, 괜히 여기저기 만지작거리게 된다.

127

겨우 밖으로 나오면, 이제는 날씨가 말썽이다. 화창하면 그건 그거대로 내 기분도 모르고 혼자서 빛나는 것 같고, 비라도 오면 꼭 내 마음처럼 느껴져서 기분이 한없이 아래로 내려간다. 사실 옷도 날씨도 모두 그대로인데 말이다. 마음의 힘은 이렇게 강력하다. 만약 이유 없이 기분 좋은 날이었다면, 평소 손이 가지 않던 옷을 입어도 즐거웠을 테지.

예전에는 부정적인 마음은 숨기기에 바빴다. 오히려 괜찮은 척, 즐거운 척하며 친구를 만나곤 했다. 정작 친구가 말을 걸어오면, '혼자 있을 걸 그랬다.' 하며 후회한 적이 여러 번 있었다. 하지만 모든 후회는 나를 성장하게 한다. 멍하게 아무것도 하지 않거나, 반대로 아주 바쁘게 무언가를 해 보기도 했다. 그래서 나는 오늘 해야 할 일이 무엇인지 안다.

오늘은 좋아하는 친구와 맛있는 커피를 마셔야 한다. 거기에 좋아하는 음악의 LP까지 곁들인다면, 더할 나위 없다.

핸드드립 커피를 맛있게 내리려면, 뜸을 들여야 한다. 뜨거운 물을 필터에 부으면, 커피에서 가스가 빠져나와 부푼다. 커피 안에 갇혀 있던 맛이나 향이 나오는 과정이다. 나는 이 시간을 좋아한다. 예전에는 기다리는 게 어려웠다. 빨리 마시고 싶단 마음에 얼른 물을 부어 버렸다. 그럴 때마다 나에게 돌아온 건 맛없는 커피였다. 그 후에는 조금씩 기다리게 되었는데, 그 시간이 온전히 좋지는 않았다. '시간아, 얼른 지나가라.' 마음으로 주문을 외웠으니 말이다. 그때는 오로지 커피포트에만 시선이 머물렀다. 그러다 문득 고개를 들었는데, 내 앞에는 아모가 있었다. 찬찬히 주변을 둘러보니, 그제야 내가 놓친 것들이 느껴졌다. 커피가 부풀어 오르는 지글지글 작은 소리, 코로 들어오는 고소한 향기와 말없이 내 곁을 지켜 주는 친구까지.

그동안 커피를 내리는 줄 알았는데, 실은 그게 다 내 마음이 우러나는 과정이었다. 아마 이것저것 해 보지 않았다면 몰랐을 사실이다. 내 울적한 마음도 뜸을 들이면, 그 안에 있던 소중한 것들이 우러나온다. 그러니 오늘 같은 기분에는 커피 한 잔이 제격이다.

같은 자리의 행복

집으로 가는 길에 꼭 마주치는 강아지가 있다. 늘 같은 자리에 묶여 있는데, 시무룩하게 있다가 나를 보면 갑자기 꼬리를 흔든다. 신나는지 혀를 조금 빼고 헥헥거리며 웃기도 한다. 그 모습을 보면 나도 덩달아 기분이 좋아져 꼭 "안녕." 인사한다. 강아지가 자주 오가는 동선을 따라 흙길이 나 있다. 가끔 시간이 될 때면 나도 그 앞에 잠시 서서 더 오래 강아지와 눈을 맞춘다.

어릴 적에 우리 집도 강아지를 키웠다. 내 기억 속 마지막 강아지는 삽살개다. 복슬복슬 털의 감촉이 아직도 생생하다. 마당이 있는 주택에 살던 때라, 그곳에 강아지 집을 따로 지어 주었다. 강아지의 하루는 단순했다. 마당 어귀를 돌아다니다가 밥을 먹고, 쉰다. 그런데 그 단순한 일과 속에 꼭 빠지지 않는 소리가 있었다.

강아지는 자주 짖었다. 그때 우리는 강아지가 짖는 이유를 몰랐다. 지금 생각해 보면, 너무 무지했던 거다. 마당에서 키우는 강아지도 매일 산책이 기본이다. 강아지에게 산책은 사람의 사회 활동과 마찬가지다. 다른 강아지의 흔적을 통해 새로운 사회를 경험하고, 소통하게 된다. 자연스럽게 스트레스 지수도 낮아진다. 그땐 왜 강아지에 대해서 많이 공부하지 않았을까.

아마 그때 우리와 지내던 강아지는 스트레스 때문에 짖었을 것이다. 돌이켜 생각하면, 잘해 준 기억보다 못 해 준 기억이 더 많아 미안한 마음이 든다. 그때 삽살개에 대한 기억으로 우리 가족은 강아지를 키우는 건 쉬운 일이 아니란 걸 알았다. 마치 아기 한 명을 키우는 마음으로 매일 신경 쓰고, 챙겨 주어야 한다.

언젠가 뉴스에서 도로 한복판을 뛰어다니는 강아지를 본 적이 있다. 주차장에 잠시 멈추어 강아지만 밖에 내려놓은 채 그대로 출발한 차를 한참이나 쫓아간 것이다. 차는 점점 속도를 내서 멀어졌고, 강아지는 차가 보이지 않는데도 한참이나 그 꽁무니를 쫓았다. 주변에 다른 차들이 함께 달리고 있어 위태로워 보였다. 그 모습을 보는데 강아지의 투명한 마음이 느껴져, 눈물이 났다. 아마 그 강아지는 자기를 버린 주인을 다시 만나도 꼬리를 흔들고 반갑게 인사하며 안길 것이다.

나도 이제 반려묘와 함께 한 지 10년이 다 되어 간다. 가끔 속상해서 울거나, 가족과 대화하며 언성이 높아질 때가 있다. 그럼 신기하게도 내 기분을 어떻게 알았는지, 내 손을 긁으며 다가온다. 멀리 다른 곳에서 자다가도 귀신같이 알아챈다. 그리고 애교 섞인 모

습으로 주변을 맴도는데, 그럼 더는 화내거나 속상해
할 수 없다. 어떨 땐 곁에 있는 사람보다 반려동물에
게 더 위로받곤 한다. 말은 못 하지만, 눈을 가만히 바
라보면 그들의 목소리가 들린다. 내가 기쁘거나 행복
하거나, 슬프거나 할 때 그 감정을 모두 같이 느낀다.
행복을 억지로 찾을 필요가 없다. 바로 곁을 항상 지
키고 있는 존재가 있으니 말이다.

코끝에 스친 고소한 향기

고소하고 달달한 냄새가 내 코끝으로 줄 맞춰 들어온다. 무슨 냄새일까, 고개를 돌리니 눈앞에 빵집이 있다. 정갈하고 예쁜 외관과 보기 좋게 진열된 빵은 사장님의 의도가 아닐까. 한 번 눈길이 닿자, 사장님의 의도대로 내 발은 자연스럽게 빵집으로 향한다.

빵을 고르는 순간은 설레지만, 신중해야 한다. 모두 맛있어 보이기 때문이다. 몽땅 사면 좋겠지만 그럴 수 없으니, 마음속에서 작은 순위를 매긴다. 내가 좋아하는 빵,

아모가 좋아하는 빵. 맛있는 걸 보면 늘 아모가 떠오른다. 같이 나누어 먹으면 무엇이든 두 배로 맛있게 느껴진다. 아모도 분명 행복한 표정을 짓겠지.

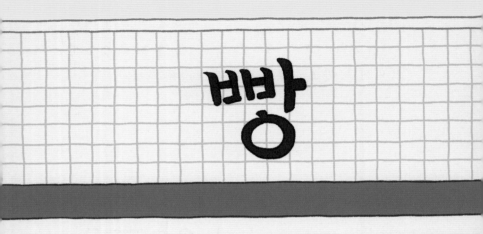

선명한 날씨

　내 눈에 맞는 안경을 끼면 세상이 선명하게 보인다. 화창한 날씨는 꼭 안경 같다. 눈 부신 햇살 아래에 비치는 모든 것이 선명하게 느껴진다. 이런 날 어울리지 않는 게 있다면, 아마 밀린 빨랫감일 것이다. 오늘이야말로 모두 해치워 버리기 좋은 날이다.

　살랑살랑 부는 바람에 빨래를 말리는 걸 좋아한다. 요즘에는 의류 건조기가 나와 편리하게 빨래를 말릴 수

있다. 그 덕에 비가 오는 날에도 뽀송한 옷을 입는다. 이런 편리함을 나 역시 좋아한다. 가끔 아끼던 옷이 줄어들기도 하지만, 그래도 늘 뽀송한 빨랫감을 만날 수 있으니 작은 불편쯤은 이기고 만다.

하지만 볕이 좋은 날엔 직접 빨래를 널게 된다. 다른 이유는 없고, 기분의 문제다. 이런 날에는 지켜야 할 중요한 점이 있다. 나만의 작은 비밀인데, 바로 팡팡 빨래를 털어서 널어야 한다. 그럼 묵은 감정도 함께 털어져 나가는 기분이 든다. 빨랫감이 쫙 펴지는 건 덤이다.

제일 기분 좋은 순간은 햇살에 바짝 마른빨래를 걷을 때다. 바삭바삭해진 빨래에 코를 묻으면, 눈 부신 햇살의 향이 난다. 깨끗하고 포근한 냄새. 충분히 들여 마셔도 계속해서 맡고 싶은 냄새의 맛이다.

혼자 지하철에 있을 때

지하철이란 공간은 참 신기하다. 많은 사람이 함께 하지만, 서로를 바라보지 않는다. 각자의 세계에 몰두한다. 나 역시 마찬가지다. 주로 음악을 듣는 편인데, 그게 하나의 배경 음악처럼 여겨진다. 빠른 박자의 음악이 나올 때, 사람들이 우르르 밀려오면 마치 액션 영화의 한 장면을 보는 것 같다. 반대로 느린 음악은 바쁘게 움직이는 모습도 왜인지 여유롭게 만든다.

드물게 지하철에 혼자 남을 때가 있다. 이럴 때면 묘한 감정이 들곤 한다. 늘 사람으로 가득한 모습만 보다가 혼자 남아 낯설어서일까. 꼭 목적지가 아닌 다른 세계로 떨어질 것 같은 느낌이 들곤 한다. 눈을 감고 음악을 들으면, 그때부터는 정말 다른 세상이 펼쳐진다.

처음에는 온갖 생각이 튀어 오르며 서로 자기 이야기를 들어달라고 난리를 부린다. 사소하게는 급하게 오느라 놓친 모닝커피부터, 먹고 싶은 간식까지 연달아 찾아온다. 아주머니 속에는 주머니가 있고, 주머니

속에는 머니가 있다. 실없는 말장난도 꾸물꾸물 어디선가 흘러나온다.

하지만 모든 생각을 접어 두기까지 그리 긴 시간이 걸리진 않는다. 머릿속에 작은 중재자가 등장하기 때문이다. 머릿속 우주를 유영하고 있으면, 작은 빗자루가 주변의 잡동사니 같은 생각을 밀어낸다. 하나둘 내 주변을 행성처럼 맴돌지만, 나는 고요한 순간에 파묻힌다.

좋아하는 음악이 귓가로 흐르고, 감은 눈에 보이는 것은 아늑한 어둠뿐이다. 마치 우주에 홀로 붕 떠 있는 기분이다. 텅 비어 있는 공간에 홀로 떠 있는 내 모습을 상상하면, 그 어떤 생각도 더는 침범할 수 없다. 현실은 덜컹거리는 지하철일지라도, 그 순간만큼은 나만의 세계가 된다.

새로운 골목길

　무언가를 관찰하기에 대중교통만 한 공간이 없다. 특히 지하철 의자는 다양한 이의 신발을 오래도록 볼 수 있는 명당이다. 누군가의 신발을 보면, 그 사람의 성격을 어렴풋이 알 수 있다. 앞코가 새하얀 운동화를 신은 사람은 그만큼이나 꼼꼼하고 깔끔한 성격의 소유자다. 밑창이 조금 삐뚤게 닳은 이의 어깨를 보면 가방을 한쪽으로만 메고 있다.

　지하철에서 사람들의 오해를 받지 않고 관찰하려면, 신발을 보는 게 제일이다. 오래 쳐다봐도 아무도 이상하게 생각하지 않기 때문이다. 종종 가방이나 소매 끝을 바라보며, 그 사람의 직업을 맞추는 혼자만의 놀이를 하기도 한다.

나는 지독한 길치였다. 물론 지금도 마찬가지다. 처음으로 회사에 합격해 출근하던 날의 이야기다. 그때 나는 서울 여의도에 있는 회사에 출근하기로 했다. 당시 살던 집은 경기도였기 때문에 9시 출근을 위해 새벽같이 나온 참이었다. 전날 그곳의 직원은 ○○은행 건물 옆에 커다란 나무가 있고, 그 바로 옆 건물로 오면 된다고 연락해 왔었다.

그날 나는 여의도에는 똑같은 구조의 ○○은행이 두 군데나 있다는 걸 알게 되었다. 설레는 마음을 품고 아침부터 나왔는데 9시가 되어도 회사에 도착할 수 없었다. 지금처럼 스마트폰으로 지도를 볼 수도 없던 시절이었다. 결국 나는 울먹이며 한참을 헤매다 겨우 출근했다. 그때 시간은 11시가 다 되어 있었다.

이 일이 있고 나서는 새로운 장소나 중요한 일이

생기면, 꼭 미리 검색하는 습관이 생겼다. 꼼꼼히 지도를 켜서 주변을 살펴 보고, 로드 뷰로 주변 환경을 미리 확인한다. 그러지 않으면 그때와 같은 일이 일어날까 불안했다. 그래서 나에게 새로운 골목길이나 장소는 설렘보다는 심장이 두근거릴 만큼 두려운 곳이었다.

그런데 우리나라도 아닌 일본에서 길을 잃은 적이 있다. 그것도 오거리보다 넓은 육거리 교차로의 횡단보도 한가운데였다. 낯선 곳, 다른 언어를 쓰는 나라에서 나는 목적지를 잃은 채 한참을 멍하게 서 있었다. 그때 우연히 지나치던 한국인이 나를 보고 말을 걸어왔다. 그의 도움으로 목적지에 도착했지만, 마음은 편치 않았다.

그때 나는 어학연수를 위해 일본에 갔었다. 정확한 계기는 잘 기억나지 않지만, 문득 이대로라면 언어도 나라는 사람의 한계치도 늘지 않겠다는 생각이 들었다. 그렇게 충동적인 산책이 시작됐다.

평소 낯선 골목길을 마주하면, 긴장부터 앞섰다. 길을 잃고 헤맬 것 같다는 두려움 때문이었다. 하지만 그날은 어디로 돌아도, 지구는 둥그니까 다시 돌아오겠다는 이상한 자신감이 붙었다. 그렇게 낯선 길을 향한 탐색이 시작됐다. 길을 잃으면, 행인을 붙잡고 물어볼 생각이었다. 그러자 내 발걸음은 한결 가벼워졌다.

호기심 대마왕처럼 사람 한 명 없는 골목을 기웃거리기 시작했다. 우리나라 주택의 모습과 닮았지만, 묘하게 다른 그 느낌이 신기하고 재미있게 느껴졌다. 야트막한 주택이 줄지어 있는 모습과 그 앞에 놓인 화분들이 새롭게 보였다. 생기 넘치는 식물의 잎사귀를 보니 주인에게 사랑받고 있나 보다. 고요하고 단정한 골목의 주택을 마치 전시장처럼 둘러보며 발을 옮겼다. 어느새 버스로는 두 정거장이나 되는 거리를 훌쩍 걸어왔다.

골목 어귀에서 우연히 찻집을 마주쳤다. '다(茶)'라는 글씨가 아주 작게 쓰여 있었는데, 마침 내 눈에 들어온 것이다. 나는 우연이 준 선물을 감사히 받았다. 마음이 이끄는 대로 열고 들어선 그곳은 외관만큼이나 소박한 공간이었다. 내가 들어서자, 주인이 조용하고 조심스러운 목소리로 "어서 오세요." 인사했다. 나도 덩달아 조용한 목소리로 홍차를 주문했다. 그리고 차를 내리는 주인의 뒷모습을 가만히 관찰했다.

외국인인 나를 조심스럽고 정중하게 대하던 모습만큼이나, 찻잎과 찻잔을 소중히 다루는 모습이었다. 그 모습을 보며 나는 이 공간에 있는 내가 아주 소중한 사람이 된 듯한 느낌을 받았다. 조금 뒤 앙증맞은 찻잔에 홍차가 담겨왔다. 향도 맛도 지금은 그저 맛있었다는 느낌만 남아 있지만, 그때 그 찻집의 풍경은 잊을 수 없다. 누구보다 소중한 사람이 된 것 같은 순간을 잊을 수 없다는 게 아마 더 맞겠지.

그때의 기억 덕분에 나는 요즘도 종종 새로운 골목을 탐색하곤 한다. 이제 더는 불안과 초조함이 존재하지 않는다. 오히려 설렘이 앞선다. 새로운 걸 알아가는 건 이렇게나 즐거운 일이란 걸 알게 되어 다행이다. 골목의 풍경뿐만 아니라, 스스로에 대한 새로운 모습도 알아가는 즐거움이 있다.

오래된 책방

요즘은 모든 게 금방 변한다. 집 근처 새로 오픈한 디저트 가게가 몇 달 뒤에는 핸드폰 대리점으로 바뀌어 있기도 하다. 유행하는 패션 아이템도 금방 바뀌어, 그 유행을 좇으면 옷장은 가득한데, 내년이 되면 입을 옷이 없어지기도 한다. 마음도 그렇다. 어제는 큰 고민처럼 여겨졌던 일이 오늘이 되면 별일 아니게 느껴지기도 한다. 이럴 때일수록 마음의 중심을 잡는 게 중요하다.

길을 걸으면 종종 시간이 멈춘 듯한 공간을 발견할 때가 있다. 그런 곳은 시간 여행이라도 한 것처럼

공기조차 천천히 흐르는 느낌이 든다. 낡은 간판에서 몇 개의 모음이 떨어졌지만, 여전히 읽을 수 있을 만큼 세월의 그림자가 남아 있다.

한 자리에서 오랫동안 가게를 이어가는 곳이 있다. 당장 하루를 사는 것도 벅차게 느껴질 때가 종종 있는데, 어떻게 그 많은 시간을 견뎌낸 걸까. 오래된 가게를 볼 때마다 주인의 장인 정신을 떠올린다. 가끔 장인을 넘어선 어떤 경이로움과 존경심마저 느낄 때가 있다.

오늘은 우연히 오래된 책방을 발견했다. 홀린 듯 그곳으로 들어갈 수밖에 없었다. 새 책에서는 맡을 수 없는 오래된 책 특유의 종이 냄새가 났다. 콕 집어 설명할 수는 없지만, 톡 쏘는 향도 아니고 그렇다고 달콤한 향도 아니다. 생활의 흔적이나 시간이 지나간 자리의 냄새라고 하는 게 맞겠다.

오늘 만난 책방은 60년이나 되었다고 한다. 그러니까 무려 1960년대부터 같은 자리를 지킨 것이다. 나보다도 나이가 많다. 그때 어린이였던 이는 벌써 중년이 되었을 것이다. 아직도 이곳을 기억하고 있을까. 어쩌면 오래된 가게가 갖는 가장 큰 힘은 같은 장소를 기억하는 여럿의 추억이 있기 때문인 것 같다. 기억의 힘은 생각보다 크다. 그러니 누군가는 '죽는 것보다 잊히는 것이 더 무섭다.' 하지 않았을까. 오랜 세월 같은 터에서 차곡차곡 쌓아 온 추억까지 그 책방에 고스란히 남아 있다.

이렇게 오래된 상점 앞에서는 문득 내가 했던 고민이 별거 아닌 일로 느껴진다. 대학교 진학 문제로 고민하던 나날, 구직을 위해 하염없이 공고를 살피던 시절, 그리고 남들보다 뒤처질까 봐 매번 전전긍긍했던 날들. 그 모든 게 전부 자연스러운 일로만 여겨진다. 시간이 지나면 자연스럽게 해결되는데, 그땐 왜 그렇게 큰 고민처럼 느껴졌을까. 오히려 고민하느라

보낸 불안한 시간이 더 길기도 했던 것 같다. 그때는 인생 최고의 힘듦이라 여겨 마치 죽을 것 같기도 했던 일들이, 여러 날과 수많은 사람을 거쳐 지금의 내가 있다.

누군가 이런 이야기를 한 적이 있다. 인생은 공기의 질량과도 같다. 많은 쪽에서 적은 쪽으로 이동하고, 차가운 쪽에서 따뜻한 쪽으로, 그리고 어두운 곳에서 밝은 곳으로 이동하는 것과 같다. 그래서 힘든 일이 있으면 반드시 좋은 일이 온다. 우리가 숨 쉬고 살아가는 게 당연하듯, 이런 흐름도 아주 당연하다.

수많은 사연을 머금은 채 누렇게 바래고 낡은 책장을 넘겨 본다. 가끔은 책의 첫 장에서 누군가 쓴 절절한 편지를 마주치기도 한다. 연인 혹은 친구에게 선물하며 남긴 몇 줄이 내 마음을 울리기도 한다. 어쩌다 돌고 돌아 헌책방까지 오게 되었을까. 은은한 인생의 향기를 머금고 말이다.

다양한 책을 두서없이 넘기다 보면, 아주 짧은 한 문장이 나를 스치고 갈 때가 있다. 혹은 가슴에 꽂히기도 한다. 전체의 내용과는 상관없이 오로지 한 문장에 사로잡혀 갑자기 이 책을 꼭 사야겠다는 마음이 들기도 한다. 여태 살며 본 적도 없었던 책이 갑자기 소중하게 느껴진다. 수많은 책 사이에서 여러 사람이 보았을 텐데, 마치 나를 위한 보물처럼 남겨져 있었다는 착각도 든다.

우연히 아무 생각 없이 들어온 책방이 인생의 지침을 알려 주기도 한다. 마치 오늘처럼. 아무도 발견하지 못한 나만의 보물을 찾기도 하고, 누군가의 문장에서 내 삶의 방향을 찾기도 한다. 오래된 글귀 하나가 주는 힘이 이토록 강하다. 오늘 내가 고른 책은 오랫동안 자기를 발견할 사람을 위해 감동을 품고 기다리고 있었나 보다. 덕분에 나의 오늘이 작은 행운으로 가득 차게 되었다. 삶 속의 작은 우연이 쌓여 나를 만들어 가는 것 같다.

책 사이 단풍잎

딱히 다른 사람의 일기장이 궁금했던 적이 없다. 그런데 나만 그랬나 보다. 오래전 서랍 속에 넣어 둔 일기장을 누군가 몰래 펼쳐 본 사실을 알았다. 그때 그 사람에 대한 배신감도 있었지만, 누군가 내 일기를 볼 수도 있다는 불안함이 밀려왔다. 그날 이후로 일기 장에 책갈피를 끼워 둔다. 주로 예쁘게 말린 단풍잎을 책갈피로 사용한다. 그리고 나만 알 수 있는 위치에 맞춘다. 오른쪽 페이지 네 번째 줄 글자 밑에 두기. 이런 방식으로 두면, 누군가 내 일기장을 펼쳐도 단풍잎에 시선을 주고, 제자리에 두지 못한다. 그럼 나는 누군가 내 일기를 봤다고 짐작한다.

요즘에는 전자기기로 일기 쓰는 사람이 많다. 책도 마찬가지다. 종이책 대신, 전자책을 보는 사람이 늘어 났다. 나는 아직까지 손으로 직접 넘기고, 쓰는 게 좋 다. 액정 속 글자는 내가 읽어낼 수 있는 감정의 양념 이 쏙 빠진 느낌이 든다. 그리고 한장 한장 넘기는 맛 이 없다 보니, 평소보다 책이 금방 끝나 버리는 것 같 다. 종이책으로 볼 땐 손가락 사이를 스치는 종이에서 도 다양한 감정을 느낄 수 있다.

일기도 마찬가지다. 감정이 폭발적일 때는 글을 빠 르게 써 내려가고 싶은데, 영 따라 주지 않는다. 액정 을 톡톡 두드려 타자 치다 보면, 화면 속 작은 문자들 이 내 마음을 다 표현해 주지 못하는 것처럼 느껴진 다. 직접 쓰고 읽는 방식이 보글보글 끓는 찌개라면, 액정에 글자를 쓰고, 보는 일은 적당한 온도의 인스턴 트 식품처럼 느껴진다. 무엇이 좋고, 나쁘다는 이야기 는 아니다. 그저 나에게 생동감이 느껴지는 쪽은 아날 로그 방식이다.

요즘 레트로 문화가 다시 유행하고 있다. 무선 이어폰 대신 줄 이어폰을 찾는 사람이 늘었다. 일부러 레코드로 음악을 듣기도 한다. 처음 무선 이어폰이 나왔을 땐, 신선하고 획기적이었다. 나도 그 유행에 편승했지만, 얼마 안 가 잘 쓰지 않게 되었다. 매번 충전해야 하는 번거로움과 착용감이 불편했기 때문이다. 가끔은 조금 투박한 방식이 더 좋을 때가 있다.

요즘은 전화나 메신저를 통해 쉽게 연락을 주고받는다. 말을 전하기 쉬워진 만큼, 예전의 낭만도 조금 사라진 느낌이다. 휴대 전화가 없던 시절에는 무선 호출기인 삐삐로 연락하곤 했다. 급한 일에는 '8282', 놀러 갈 땐 칙칙폭폭 '7788'처럼 암호 같은 번호를 남기기도 했다. 한정된 숫자 안에서 마음을 담는 일은 쉽지 않다. 그러다 보니 꼭 해야 할 말만 전한다. 요즘은 가끔 궁금하지 않은 사소한 일까지 상대에게 쏟아내곤 하는데, 어쩌면 시대와 기술이 바뀌고 발전했기 때문인지도 모른다. 예전에는 마음을 담은 손 편지를 써서 보내기도 했다. 한 글자, 한 글자에 하고 싶은 말을 눌러 담거나, 좋았던 책의 구절을 옮겨 쓰기도 했다. 한 장의 편지에 담긴 낭만과 추억의 무게는 생각보다 무겁다.

전자기기의 편리함을 잘 누리고 있지만, 포근한 감성이 가끔 그립다. 전자책에는 단풍잎 책갈피를 끼울 수 없으니 말이다. 그래서 꿋꿋하게 다이어리에 일기를 쓴다. 일기를 쓰는 펜에 내 감정을 담아 내기도 하고, 다시 펼쳐 보고 싶은 곳에 잘 말려 둔 나뭇잎을 끼워 놓는다. 느리고 불편한 일들이 가끔은 내 마음을 더 포근하게 한다.

내 머릿속의 구름

머리가 복잡할 때 하늘을 보면 정말 효과가 있다. 종일 바쁘게 모니터와 스마트폰을 보고, 스케줄 정리에 치이다 보면, 해야 할 일들이 머릿속에서 서로 자기가 우선이라며 아우성치며 엉켜 버리기 일쑤다. 이럴 땐 잠시 모든 걸 다 내려 두고 하늘을 본다. 구름이 흘러가는 방향대로 그저 바라보면, 토끼 모양, 고양이 모양처럼 보이다가 어느새 나를 보고 웃는 얼굴이 되기도 한다.

가끔은 하늘의 구름을 똑 떼어다 머리에 넣고 싶다는 생각이 든다. 구름이 흘러가고 나면, 푸른 하늘이 선명하게 보이듯이 내 머리의 작은 지우개가 되어 줄 것 같다. 여기저기 엉켜 있던 생각을 세제 거품처럼 쏙싹쏙싹 정리해 줄 것만 같다.

와, 토끼 모양
구름이야!

어둠에 익숙해지면 보이는 것

　어둠이 무서웠다. 아마 어린 시절을 떠올리면 다들 공감하겠지. 깊은 밤 잠들다 깨면 화장실에 다녀오기가 왜 그렇게 무서웠는지 모르겠다. 침대 밑에서 커다란 손이 툭 튀어나와 발을 잡아채면 어떡하지, 혹은 화장실 갔다 돌아오는 길에 유령을 마주치면 어떡하지 발을 동동 굴렀다.

　낮에는 분명 익숙한 우리 집 풍경인데, 어둠이 내려앉으면 늘 보던 곳도 왜 그렇게 낯설게 느껴질까. 가끔은 내 그림자에 깜짝 놀라기도 했다. 겨우 돌아와 눈을 감으면, 그것도 어둠이라 무서운 상상이 줄

줄이 생각났다. 이불 밖으로 손이나 발을 내밀고 자면 무시무시한 요정이 댕강 가져가 버린다는 이야기가 떠오른 뒤론 한여름에도 이불 속에 꼭꼭 숨어 잠들곤 했다.

어른이 된 지금은 그저 작은 에피소드로 남아있다. 오히려 요즘은 어둠이 좋다. 어두워야만 보이는 것을 헤아려 보는 소소함이 좋다. 도시에서는 별 보기가 힘들다. 특히 서울의 밤거리는 열은 회색을 펼쳐 놓은 것만 같다. 번화가는 네온사인 불빛이 별보다 밝게 빛난다. 그래서 되려 어둠이 좋아졌다.

산골에 있는 할머니 댁에 간 적이 있다. 밤이 되면, 낮에는 미처 듣지 못했던 풀벌레 소리와 어딘가에서 흐르는 졸졸 시냇물 소리가 들려왔다. 낮 동안은 다양한 색채를 눈에 담느라 바빴는데, 밤이 되면 그간 잊고 있었던 청각과 촉감이 곤두선다. 그렇게 주위를 둘러보면, 익숙했던 것들이 새롭게 느껴진다.

눈이 어둠에 익숙해지면, 하늘을 수놓은 수많은 별을 만날 수 있다. 별자리를 찾아 손짓으로 이어 보기도 했다. 모두 같아 보이지만, 조금씩 다른 크기로 반짝이는 모습을 바라봤다. 도시에서는 보면서도 보지 못했는데 말이다. 항상 그 자리를 지키고 있었을 별을 보며, 어둠을 조금 더 좋아해야겠다고 생각해 본다.

이렇게
손을 뻗으면 별을
잡을 수 있을 것 같아.

우와~

4장

우리 손잡고 걸을래?

너에게 행운을 선물할게

아모와 네잎클로버를 찾았다. 수많은 토끼풀 속에서 네 잎을 찾을 확률은 만분의 일이라고 한다. 그래서 네잎클로버의 꽃말 중에 행운이 있나 보다. 수많은 친구 중에서 아모와 내가 만난 건 행운과도 같지 않을까.

"자, 아모에게 행운을 줄게."

물론 예쁘게 코팅한 제품도 있지만, 그것과는 엄연히 다르다. 아모를 위한 내 마음을 담아서 주었으니 말이다. 똑같이 생긴 물건도 나에게 와서 내 손길이

닿으면, 특별한 나만의 것이 된다. 이건 나만의 방식
인데, 가끔 물건에 이름을 지어 주면, 그 물건은 절대
잃어버리지 않는다. 가끔 물건이 어디 있나 찾을 때,
이름을 크게 외치면 어디선가 '나 여기 있어!' 하는 느
낌이 든다. 그래서 내 손길이 닿은 특별한 네잎클로버
를 아모에게 주었다.

네잎클로버의 꽃말은 행운과 약속이라고 한다. 아모가 오늘의 행운을 잘 간직해 주면 좋겠다. 그러다가 문득 책 사이에서 네잎클로버를 다시 찾으면, 그날 하루도 아마 작은 행운으로 가득하겠지.

정리하는 이유

공부하기로 마음먹은 날은 왜 갑자기 청소가 하고
싶어질까. 깨끗한 책상에서 공부해야 더 집중될 거란
합리화를 하며, 결국 책을 덮는다. 처음에는 간단하
게 널브러진 책을 꽂는 것부터 시작한다. 그러다 어
느새 정리할 게 산더미처럼 되어 끝없는 정리의 늪
에 빠진다.

언젠가 쓰겠거니 하며 모아 둔 소품은 결국 낡거
나 지저분해져서 쓰레기통으로 향한다. 엉망으로 꽂
힌 책도 크기대로 정리한다. 자주 쓰는 필기구는 나란
히 줄 세운다. 색깔이 겹치지 않게 하고, 펜의 두께에 따라 분류한다. 개인적으로 0.3mm의 심은 너무 얇게 느껴져 쓰지 않는데, 0.5mm가 넘어가는 것도 취향에 맞지 않다. 딱 적당한 굵기를 선별해 잘 정리한다. 책상 위에 쌓인 먼지도 쓸고 닦은 다음 드디어 의자에 똑바로 앉아본다. 공부할 준비가 된 것 같다.

하지만 역시 공부하기에 앞서 계획을 세우는 게 우선이다. 오늘 공부할 분량과 과목을 꼼꼼히 적는다. 시간대별로 무엇을 공부하고, 쉬는 시간은 어느 정도가 좋을지 세세하게 써 내려간다. 그렇게 계획표가 완성되면, 시간은 이미 훌쩍 지나있다. 그럼 자연스럽게 '아무래도 너무 늦었으니, 오늘은 일단 자고 내일 맑은 정신으로 하자.' 생각하며 침대에 눕는다.

학교 다닐 땐, 거의 비슷한 루트로 공부가 뒷전이되었다. 안 한 건 아니지만, 결국 청소에 시간을 훌쩍 빼앗겼다. 그땐 내가 공부보다는 정리하는 게 더 좋은가 보다고 생각했다. 성인이 되고서는 노트북이 없어서, 의자가 불편해서 등의 이유로 공부를 앞에 두고

다른 길로 샜다. 가만히 생각해 보니 실은 자신 없거나 완벽하지 않다는 스스로에 대한 핑계였던 것 같다. 물론 깔끔하게 정리하는 걸 좋아하긴 하지만, 완벽하게 모든 것이 갖추어져 있다고 해서 바로 일을 시작하진 않는다. 항상 이것저것 핑곗거리가 많았다.

그렇게 정작 해야 할 일을 미룬 채 누워 있으면, 마치 빚을 진 것처럼 마음이 무거웠다. 그러니 자연스럽게 머릿속 생각도 복잡하게 엉켜 간다. 하려던 일에 대한 아이디어가 여러 갈래로 떠오르기도 하다가, 갑자기 모든 게 별로인 것처럼 느껴진다. 쉬어도 쉬는 게 아니다. 급기야 꿈에서까지 생각이 이어진다.

정리한다는 건 그런 것 같다. 복잡한 내 머릿속을 쓸고 닦을 수 없으니, 당장 눈에 보이는 것을 치우는 것이다. 그 행위를 통해 머릿속에 복잡하게 꼬여있던 생각의 실타래를 하나씩 풀어 가는 것이다.

요즘은 이런 나를 스스로 잘 알아서, 하려는 일을 앞두고는 단순한 정리를 시작한다. 평소 귀찮아서 미루어 두었던 일을 해낸다. 티셔츠나 수건을 각 맞춰서 개거나, 옷장에 걸린 옷을 색상별로 분류한다. 물론 다음날이 되면 금방 흐트러지고 만다. 하지만 그 순간의 행위에 집중하다 보면, 오롯이 집중하는 시간이 찾아온다. 내 몸은 착실하게 정리하고 있지만, 머리로는 하려던 일에 대한 아이디어를 만들어 가는 것이다.

이렇게 모든 정리와 해야 할 일을 끝내면 마음이 홀가분해진다. 거기에 샤워까지 마치면, 모든 것을 해냈다는 뿌듯함이 따라온다. 그 마음은 어떤 성취감으로 이어진다. 그럴 땐 보상으로 시원한 음료를 한 잔 마시고, 포근한 이불에 바로 누워 잠을 잔다. 다음 날 눈을 뜨면, 상쾌해진 머릿속이 또 다른 아이디어를 쏟아 낸다. 긍정적인 성취감이 뫼비우스 띠처럼 돌고 돈다.

어지럽혀진 공간은 마음의 상태와 비슷할 때가 있다. 그러니 가끔은 집을 찬찬히 둘러 보며, 내 마음 상태도 살펴야 한다. 내 마음이 아프면, 아주 단순한 정리도 방치하게 된다. 그래서 이럴 땐, 아주 작은 공간부터 하나씩 해낸다는 마음으로 움직여 보는 게 좋다. 오늘은 책상의 서랍 한 칸, 내일은 수건 정리. 이런 식으로 작은 곳을 하나씩 천천히 시작해 보면, 어느새 내 마음이 정리되기 시작한다. 정리는 결국 나를 위한 행위다.

고민을 뱉어내는 심호흡

밤새 소복하게 눈이 쌓였다. 밖을 보자마자 출근 길에 대한 걱정이 앞섰다. 거기에 어제 쌓아 둔 일을 떠올리자, 머리가 아파져 왔다. 아침부터 복잡한 마음이 들었다. 그러다 문득 창문을 열었는데, 차가운 공기가 훅 밀려온다. 콧속으로 들어오는 겨울바람이 제법 매섭다. 방금까지 하던 고민도 얼음처럼 꽁꽁 얼려 버린다.

차가운 겨울 아침 공기를 천천히 코로 들이마셨다. 그리고 입으로 내뱉었다. 세 번 정도 크게 마시고 내뱉는 걸 반복하고 나니, 내 몸속에 남아있는 공기도 차갑고 깨끗해지는 느낌이 들었다. 어느새 답답했던 가슴도 뻥 뚫리는 기분이다.

언젠가 책에서 이런 이야기를 본 적이 있다. 사람들이 담배를 피우는 이유는 연기를 '후' 내뱉을 때, 고민도 함께 밖으로 나가는 착각이 들어 피운다는 것이다. 숨쉬기가 생각보다 우리에게 중요한 게 아닐까. 비록 나는 담배 대신 차가운 공기를 들이마시고 내뱉었지만, 그 순간엔 진짜 고민도 함께 빠져나가는 기분이 든다. 담배는 몸에 해로운데, 맑은 공기는 건강에도 좋고 심지어 무료다. 내 몸과 마음 깊숙하게 있던 어둡고 무거운 고민을 '후' 내뱉으면, 공기와 함께 밖으로 사라져 버리지 않을까.

불면증에 시달린 적이 있다. 늦게 잠들 수밖에 없던 시절이 있었다. 밤을 지새우고 일하는 게 반복되다 보니, 막상 자야 할 시간을 놓치기 일쑤였다. 마음이 편한 날보다, 불안함과 걱정이 앞선 날들이었다. 결국 밤을 꼬박 새우고 다음 날을 맞이하는 일이 잦았

다. 모처럼 휴일을 맞이해도, 밀린 잠의 시간을 채울 수 없었다. 병원에서 수면제를 처방받기도 했다. 하지만 소용없었다.

그때 자주 했던 방법이 있다. 방을 적당한 온도로 맞추고, 불을 모두 끈 채 포근하고 깨끗한 침구 위에 눕는다. 천장을 바라보고 똑바로 누운 채 편안한 자세를 찾는다. 그리고 숨을 아주 크게 들이마신다. 한계가 찾아오면, 숨을 잠깐 멈춘다. 그리고 입으로 '후우' 소리를 내며 천천히 뱉는다.

처음에는 효과가 없었다. 그런데 꾸준히 하다 보니, 어느새 편안하게 잠들어 있었다. 나도 모르는 새 몸에 익숙해져, 호흡을 몇 번 내뱉으면 내 몸이 스스로 '이제 자야 할 시간이구나.' 하며 알아챈다. 그전까지는 내 몸인데도 내 마음대로 잠들 수 없었다. 우연히 알게 된 방법이었는데, 나중에 알고 보니 명상할 때도 응용되는 방법이었다.

다들 몸과 마음이 지칠 땐, 신선한 공기를 마주하면 좋겠다. 몸속에 무겁게 쌓인 어둠과 고민을 바깥의 맑은 공기로 바꾼다고 생각해 보자. 폐가 아플 만큼 코로 숨을 들이쉰다. 내 발끝까지 공기가 차오른다는 상상을 하면, 한참이나 숨을 들이쉴 수 있다. 그리고 머리부터 발끝까지 모든 공기를 홀쭉하게 빼낸다고 생각하며 숨을 내뱉는다. 몇 번 하다 보면, 어느새 몸과 마음이 정화된다.

아주 간단한 행위지만, 자신을 위한다고 마음 먹으면 의미 있는 일이 된다. 모든 게 그렇다. 나부터 내 마음에 귀 기울이고, 소중히 다루어 주어야 한다.

눈사람 만들자

194

어떤 단어들은 참 귀엽게 느껴진다. 나에게는 붕어빵, 방울토마토, 눈사람이 그렇다. 붕어빵 안에는 붕어가 없고 방울토마토 안에는 방울이 없지. 물론 눈사람에도 사람은 없다. 서로 닮은 모양을 찾아내어 이름붙였을 텐데, 처음 생각한 사람이 누굴까 궁금해진다. 이런 생각이 꼬리에 꼬리를 물다 보면, 내 방식대로 내 마음의 단어를 만들어 보기도 한다.

오늘의 바깥 풍경은 눈으로 가득하다. 어렸을 땐 마냥 좋기만 했는데, 요즘은 차가 막힐지 걱정부터 든다. 아무 일정 없이 집에 콕 박혀 있고 싶다는 생각이 들지만, 그래도 막히는 길을 뚫고 가야 하는 게 현실이다. 이럴 때 문득 내가 어른이 됐구나 싶다. 그래도 여전히 눈 오는 날이 좋다. 여러 색으로 뒤덮인 도시가 함박눈 때문에 온통 하얗게 변하는 모습이 좋다. 꼭 포근한 이불을 덮은 것처럼 보여 내 마음도 차분하고 따뜻해진다.

어린 시절 눈이 펑펑 쏟아진 날, 가족들과 눈사람을 만든 기억이 있다. 동생은 털장갑 대신 빨간 고무장갑을 끼고 나와 한참이나 웃었다. 고무장갑의 힘이 었는지 제법 큰 눈사람을 만들었던 기억이 있다. 요즘은 눈사람 보기가 참 힘든 것 같다. 가끔 만화 캐릭터나 고양이 얼굴의 눈사람을 마주치면, 웃음이 나고 만다. 길거리의 무표정하게 스쳐 가는 이들 중 한 명이 직접 눈을 꼭꼭 뭉쳐 만들었을지도 모른다고 생각하면, 모든 이가 귀엽게 느껴지기도 한다.

라면은 후루룩

라면이 좋다. 어릴 땐 하루에 한 끼는 꼭 라면을 먹었다. 그만큼 좋아했던지라, 라면 끓이는 데는 고수가 따로 없다. 하지만 안타깝게도 딱 1인분의 고수다. 매일 혼자 끓여 먹다 보니, 2인분이 되는 순간 물의 양이나 불 조절 타이밍을 맞추는 게 어렵다. 하지만 2인분도 연습하다 보면 늘겠지. 언제까지나 혼자 먹을 순 없으니까 말이다.

어른이 된다는 건 그런 걸까? 오로지 나만을 위해 했던 일들을 조금씩 나누어 갖고, 배려하게 되는 것. 그렇게 어느샌가 2인분, 3인분의 고수가 될지도 모른다.

"한꺼번에 먹으면 후루룩 소리가 나서 창피해."

"정말? 하지만 먹고 싶었던 라면이잖아. 후루룩 소리는 자연스러운 거야."

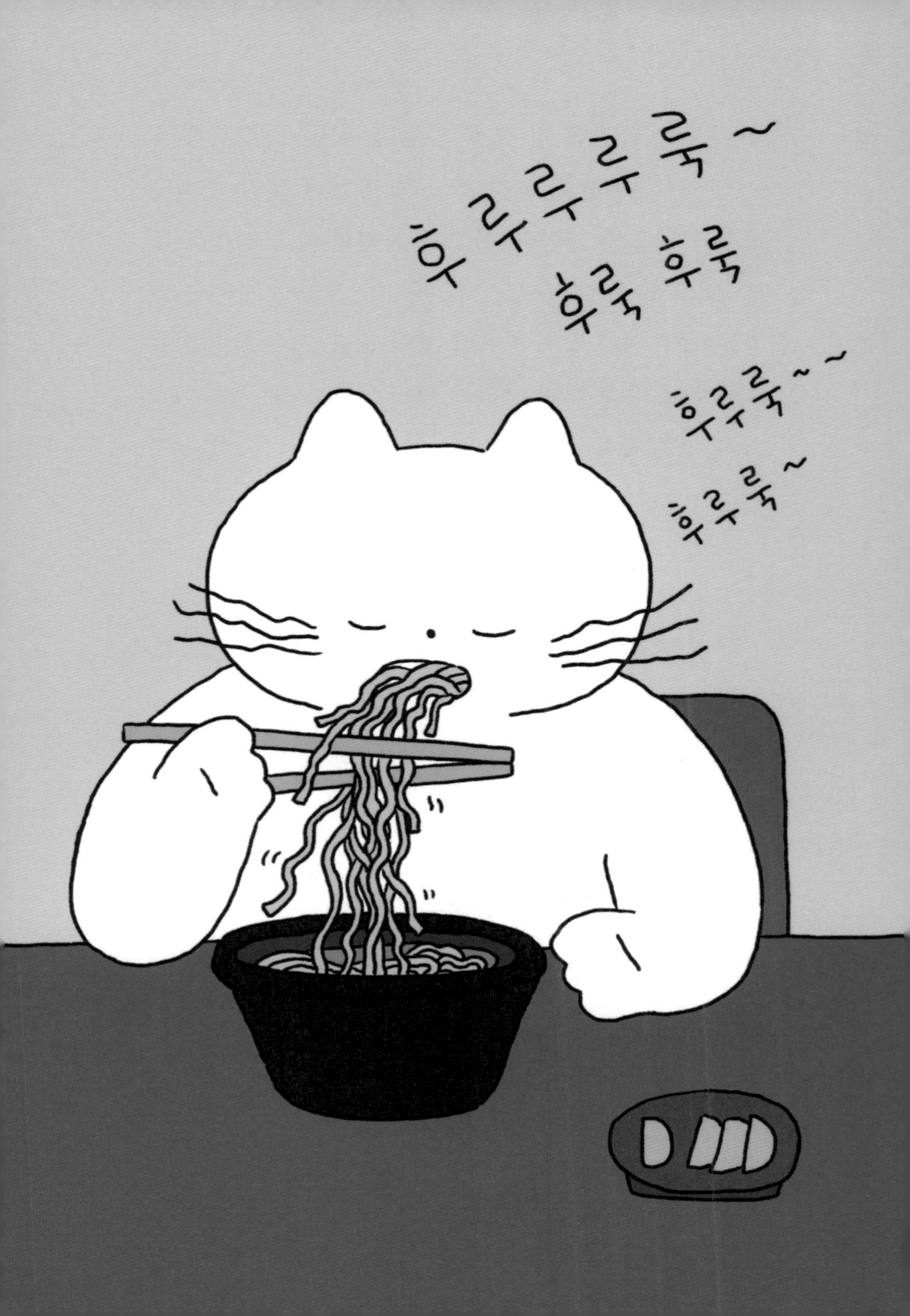

후루루룩~
후룩 후룩
후루룩~~
후루룩~

아모는 라면을 한 줄씩 먹는다. 라면은 후루룩 먹는 맛인데, 주변을 신경 쓰느라 맛있게 먹지 못하는 아모가 마음에 걸린다. 아모는 시원한 물을 마실 때도 '캬' 하고 소리 내지 않는다. 하지만 앉았던 자리는 늘 정돈하고, 의자도 가지런히 넣어 둔다. 그래도 가끔은 후루룩 소리를 내며 맛있게 먹고, 신날 때는 '캬' 하고 소리 내면 좋을 텐데 말이다.

후루룩 ~
후루루루룩
후루룩 ~
후룩 ~

"블루, 고마워. 괜한걸 신경 쓰느라, 여기 오고 싶었던 마음을 잊을 뻔했어."

가끔은 서로 다른 라면을 섞어 새로운 레시피를 만들어 내듯이, 아모와 나도 서로 섞이면 즐거운 레시피가 되겠지?

겨울에 먹는 군밤

군밤

겨울에 마주치는 간식은 좋아하는 이를 떠올리게 한다. 집으로 가는 걸음이 빨라지게 만든다. 찬바람에 식어 버리기 전, 온기를 전달하고 싶어서다.

이맘때 꼭 마주치는 간식이 있다. 붕어빵, 군고구마, 호떡까지. 갓 구워낸 간식을 입에 넣으면, 꽁꽁 얼었던 몸도 녹아내리는 기분이 든다. 그런데 유독 만나기 힘든 메뉴가 있다. 바로 군밤이다. 예전에는 군고구마 옆에 짝꿍처럼 함께 있는 모습도 종종 보았는데, 요즘은 생각보다 찾기 힘들다. 그래서 군밤 장수를 마주치면, 발이 멈추고 만다.

어렸을 적 사계절 내내 군밤을 파는 곳이 있었다. 푹푹 찌는 무더위에 군밤을 샀다. 지나간 겨울의 맛이 떠올라서였다. 그런데 집에 돌아와 먹은 군밤은 왜인지, 생각보다 맛이 덜했다. 껍질을 톡 하고 까서 먹는 내내, 이유를 알 수 없었다. 단순히 계절 때문이라고 짐작했다. 하지만 다시 겨울이 되니 알 수 있었다. 나에게 군밤은 품에 안고 집으로 돌아가는 설렘이었

다. 혼자 먹는 것보다, 좋아하는 이와 함께 먹을 생각
에 기분이 좋아지는 간식이었다. 요즘도 그렇다. 따스
한 간식 앞에서 좋아하는 이를 떠올린다.

아모와 산책하다 군밤 장수를 마주쳤다. 우연히 마
주치는 군밤은 놓치면 안 된다. 되도록 그 자리에서
바로 먹는 게 맛있다. 군밤을 까다 보면, 상태가 좋지
않은 것들도 있다. 속이 조금 썩었거나 벌레가 먹었거
나 하는 식이다. 그래서 복불복처럼 재미있기도 하고,
아모에게 조금 더 좋은 밤을 건네주기도 한다. 좋아하
는 이가 맛있는 걸 먹었으면 하는 마음이다.

추운 거리만큼이나 차가웠던 내 속으로 군밤이 들
어오면, 기분이 좋다. 문득 군밤이 되기 전의 밤송이
를 떠올려 본다. 뾰족뾰족 가시 돋친 밤송이는 쉽게
다가갈 수 없다. 하지만 그 안에 든 밤은 동그랗고, 맛
있다. 누군가와 나누어 먹는 즐거움을 알게 되는 건
그런 게 아닐까. 뾰족했던 밤송이도 누군가와 나누어
먹을수록 따스한 군밤이 된다.

요즘은 거리에서 군밤을 파는 곳이 많이 사라졌다. 대신 편의점에서도 군밤을 만날 수 있다. 하지만 진공 포장되어 진열된 모습을 보면, 온기가 빠진 맛이라 손이 잘 가지 않는다. 바로 구워서 탄 맛이 조금 나고, 집에 가는 동안 따스함이 식지 않는 맛. 이 그리운 맛이 사라지지 않으면 좋겠다.

양말 한 짝

뭐 해?

212

사라진 물건들이 따로 모여 사는 나라가 있다면 어떨까? 오래전, 방에서 잃어버린 머리핀이나 필기하다 떨어트린 볼펜이 거기 있겠지. 과연 다들 무슨 이야기를 하고 있을까.

'블루는 필기할 때 나를 너무 꽉 잡고 해!' 하며 토라진 필기구가 내 이야기를 하고 있진 않을까. 반대로 왜 자기를 찾지 않느냐 서로 의기소침해 있을지도 모른다.

아니면 장난꾸러기 요정이라도 있는 걸까. 아무리 찾아도 안 보이는 물건이 종종 생긴다. 옷장부터 소파 뒤, 베란다와 냉장고까지 모두 찾아 헤매도 보이지 않는다. 결국 포기하고 잊고 지내다 보면, 갑자기 뜬금없는 곳에서 발견하곤 한다. '장난꾸러기 요정이 여기에 두었구나.' 생각하면 웃음이 나온다. 사실은 정신 없는 내가 흘려 놓은 것이겠지만 말이다.

가끔 어떤 일은 너무 애쓸수록 오히려 멀어질 때가 있다.

아모가 사라진 양말을 찾아 집 안 구석구석을 돌아다닌다. 너무 애쓰지 말라고 말해 주고 싶은데, 아마 아모는 온통 양말 생각뿐이겠지. 요정이 오늘은 아모에게 장난을 치려나 보다. 만약 모든 물건에 눈코입과 손발이 달려 있다면 어떨까. 그러면 아모의 양말은 지난번에 흙탕물을 밟은 것 때문에 마음이 상해 숨어 버렸을지도 모른다. 오늘도 아모가 자기를 더럽힐까 봐 꼭꼭 숨은 거다.

"어? 여기 소파 밑에 떨어져 있었네!"

양말이 숨바꼭질을 끝냈나 보다. 아니면, 재미없어진 요정이 몰래 가져다 둔 것일지도 모른다.

애정의 모양을 닮은 스웨터

가끔 지하철이나 카페에서 뜨개질하는 이들을 마주치곤 한다. 좁은 공간에서 무언가에 몰두하는 모습을 보면, 대단하게 느껴진다. 종종 나도 모르게 시선을 빼앗기는데, 굵고 얇은 실이 몇 번 꿰어진 끝에 온전한 매듭을 갖추는 모양이 마술처럼 느껴졌다. 다들 손은 어찌 그리 빠른지, 10초도 되지 않는 짧은 시간 안에 새로운 매듭이 생겨난다.

어렸을 적 엄마의 취미가 뜨개질이었다. 요즘은 연세 때문에 거의 하지 않으시지만, 내가 어릴 적엔 엄마가 직접 뜬 스웨터가 한가득이었다. 꽈배기 모양이

나 눈꽃 무늬 등 다양한 기교가 들어간 그 스웨터가 그땐 왜 그렇게 촌스러워 보였을까. 엄마는 실을 새로 사는 대신, 남은 실을 모아 종종 뜨개질했다. 그래서였을까. 나는 엄마의 스웨터를 입지 않고, 서랍 속에 꽁꽁 넣어 두었다.

내가 대학생이 되던 무렵까지 엄마의 알록달록한 스웨터는 몇 벌이나 완성되었다. 그중에 내가 입은 건 정작 손에 꼽힐 정도로 적다. 아무래도 한창 멋을 내고 싶은 나이였으니 엄마표 스웨터보다는 몸에 부드럽게 감기는 셔츠나 옷 가게의 단색 스웨터를 주로 입었던 것 같다.

얼마 전 옷장 정리를 했다. 안 입는 옷들 사이에 엄마의 스웨터가 보였다. 어떻게 할지 고민하며 요모조모 뜯어보는데, 문득 이 스웨터가 이렇게 예뻤나 싶었다. 촘촘한 꼬임은 기성품 못지않게 탄탄했고, 스웨터 중앙에 들어간 무늬 역시 정교한 모습이었다. 그날은 결국 옷 정리 대신, 오래 묵혀 둔 엄마의 스웨터를 이리저리 입어 보았다. 뜻하지 않은 패션쇼였다.

　그날을 기점으로 나도 뜨개질을 해보아야겠다는 마음이 들었다. 제일 먼저 인터넷에 '뜨개질하는 법'을 검색했다. 요즘은 다양한 정보를 쉽게 찾을 수 있다. 검색을 통해 제일 먼저 눈에 들어온 것은 마치 수학 기호 같은 뜨개질 콧수에 관한 내용이었다. 다른 사람들이 하는 걸 구경할 땐 마냥 쉽게 느껴졌는데, 생각보다 머리를 많이 써야 하는 취미였다. 초반에 기가 죽어 시도도 못 할 뻔했다. 하지만 성격 급한 나는 미리 실과 바늘을 준비해 둔 상태였다.

　책을 보고 한참 코를 계산하고 연습했다. 처음엔 거창한 목표 없이 그냥 실을 뜨는 데 의미를 두었다. 머리가 복잡할 때 혹은 밖의 빗소리를 들으며 드문드문 바늘땀을 만들어 나갔다. 그러다 보니 양말 정도는 만들 수 있을 정도의 실력이 되었다. 점점 다른 걸 만들어 보고 싶은 욕심이 생겼다.

하지만 문제는 끈기였다. 양말은 짝을 갖추기도 전에 질려서 외로운 한 짝만 홀로 남았다. 목도리를 뜨다가도 목을 채 한 바퀴 다 두를 수 없는 길이에서 열정이 식어 버렸다. 스웨터 역시 밑단을 겨우 뜨고 그만두었다. 그 시절의 엄마는 대체 어떻게 이 힘든 걸 여러 번 완성했을까. 고생 끝에 만든 편물에 실수가 생겼거나 마음에 들지 않아서 풀어내는 일을 유명한 아파트 브랜드에 빗대어 '푸르시오'라고 부른다. 나는 엄마를 생각하며 엉성한 내 편물을 줄줄 풀어냈다.

그러다 문득 엄마의 스웨터는 단순한 편물이 아님을 깨달았다. 나에게 뜨개질은 단순한 환기를 위한 취미였지만, 엄마의 뜨개질은 애정이었다. 나는 누군가를 위한 뜨개가 아니라, 나를 위한 뜨개였다. 하지만 엄마는 오로지 나를 생각하며 떠낸 것이다. 옷장 속에 너무 오래 엄마의 사랑을 가두어 두었다는 생각이 들었다. 사랑하는 사람을 생각하며 한 올 한 올 떠낸 스웨터만큼 멋진 것이 있을까.

스웨터를 뜨는 방식에는 두 가지가 있다. 목부터 뜨기 시작해 아래로 내려가는 '톱다운' 방식과 몸통, 팔의 평면 조각을 각기 떠 나중에 이어 붙이는 '보텀업' 방식이 있다. 대부분 톱다운 방식을 선호한다. 나역시 그 방법으로 새로운 스웨터 뜨기에 도전했다. 뜨개 중 한 번 실수하면 전부 풀어내야 하는 보텀업 방식과 달리, 조금 틀려도 혼자만의 비밀로 한다면 그냥 입을 수 있는 게 톱다운이기 때문이다.

목둘레를 재서 천천히 떠나가다 보면, 점점 도넛 모양이 만들어진다. 거기서 뜨개질을 한참 더 이어가다 보면, 그럴싸한 스웨터 모양이 된다. 몸통과 양팔 부분을 나누어 원하는 길이까지 떠서 마무리하면 완성이다. 조각을 이어 붙이는 보텀업 방식과 달리 한번에 쭉 이어 나가는 톱다운 방식은 온전한 느낌이 들게 해준다. 내 손으로 직접 무언가를 길러낸 느낌을 준다. 중간의 작은 실수 정도는 너그럽게 넘길 수 있고, 지루할 땐 미완성의 스웨터를 목에 꿰어 입고 괜히 거울에 비춰보기도 한다.

다시 꺼내 입은 엄마의 스웨터는 사이즈가 한참이나 작았다. 요즘의 기성품과 다르게 실이 부드럽고 말랑말랑하게 몸에 감겨 왔다. 하지만 벌써 10년도 더 전의 나를 위해 맞추어 준 것이니, 통통해진 지금 몸에는 맞지 않았다. 그래도 나는 그 사랑으로 뜬 스웨터를 풀어내는 대신, 고이 접어 서랍에 넣어 두었다. 엄마는 요즘 뜨개질을 하지 못한다. 연세가 드셔서 눈이 침침하고 손이 아프다고 한다. 내가 10년도 더 전에 받은 그 스웨터가 엄마의 마지막 작품인 것이다. 철없던 시절에는 소중함을 모르고, 엄마에게 되레 툴툴댔다.

나도 언젠간 엄마를 닮은 뜨개질을 하고 싶다. 내 마음을 담아 사랑하는 이에게 선물해야지.

난로 앞에서 먹는 귤

예전에는 겨울에만 들리던 소리가 있었다. 꼭 닫은 창문 사이로 들어오던 "찹쌀떡, 메밀묵 사려." 하던 아저씨의 목소리다. 침을 꼴깍 삼키곤 했지만, 한 번도 아저씨를 만나본 적은 없다. 가물가물 잠이 들 때쯤 들려왔기 때문일 수도 있고, 기억 못 하는 다른 이유 때문일 수도 있다.

요즘은 노랗게 물든 손을 자주 마주칠 때쯤이면, 한겨울을 지나고 있다고 느낀다. 밖의 온도는 영하일지라도, 훈훈하게 데워진 방에서 차갑고 달콤한 귤을 먹으면 평화롭게만 여겨진다. 하나, 둘 껍질을 까서

먹다 보면, 어느새 껍질만 가득하다.

귤은 배가 불러도 자꾸만 들어가는 이상한 과일이
다. 손에서 나는 귤 냄새는 또 어떤가. 천연 향수 못
지 않게 달큰하다. 손에서 나는 귤 냄새가 좋아서 한
참을 킁킁거리다 씻어내곤 한다. 껍질을 버리는 것도
아깝게 느껴져 한동안 바싹 마를 때까지 방바닥에 펼
쳐 두곤 했다.

굴 까는 데 집중하면, 밖의 추위도 내가 하던 고민도 어느새 사라진다. 아무렇지 않은 이 일상의 분위기를 좋아한다. 어린 시절의 찹쌀떡 아저씨 목소리는 사라졌지만, 오늘 일상으로 겨울을 기억할 수 있다는 사실이 좋다.

문득 스르륵 잠들고 일어나면, 온몸이 디톡스라도 한 것처럼 개운하다. 고민 없이, 애쓰지 않고 잠들었으니 그런가 보다. 마치 세상을 다 얻은 느낌이 든다.

자는 거야?
어떻게 만화책을
보다가 잠들지?

아무도 밟지 않은 눈

　　어렸을 때의 나는 무척이나 소심했다. 옆자리 친구가 지우개를 빌린 뒤 돌려주지 않아도 말하지 못했다. 지우개가 아니라, 아끼는 물건을 빌려 갔을 때도 그랬다. 집에 돌아와 몇 번이나 연습했지만, 결국 아무 말도 꺼내지 못했다. 하지만 아예 돌려받지 못한 건 아니다. 우연히 내 물건을 발견한 다른 친구가 말해 주어 받을 수 있었다.

　　나도 이런 내 모습이 답답했다. 성인이 되어서도 마찬가지였다. 회사에서 하기 싫은 일을 떠맡기도 했다. 부당하다 생각이 들어 항의하고 싶었지만, 그러지 못했다. 마음속에는 억울함과 답답함이 있었지만, 정작 맡은 일은 거절하지 못한 채 묵묵히 했다. 그렇게 몇 번의 반복 끝에 문득 깨달음이 찾아왔다.

내가 중요한 결정 앞에서 자주 망설였던 건, 사실 스스로가 아닌 다른 사람을 의지하고 있었기 때문이란 사실이다. 나와 같은 의견을 가진 사람이 대신 목소리를 내면, 거기에 따라갔다. 그러다 보니 자꾸만 소심해지고, 여러 선택 앞에서 갈팡질팡했다.

하지만 결국 모든 출발은 나에게서 시작된다. 내가 결정하고, 내가 책임져야 한다는 걸 깨닫자, 오히려 용기가 났다. 나의 가장 든든한 편은 '나'구나.

처음 한 발짝을 떼기가 힘들지, 막상 내디디니 생각보다 멀리 나갈 수 있었다. 어느 날은 부당함 앞에서 소리 내어 '아니.'라고 말할 수 있었다.

아무도 밟지 않은 새하얀 눈을 앞에 두고, 어린 시절에는 주춤거리기 일쑤였다. 내 발자국이 멋진 풍경을 망칠 것 같아 겁났다. 그러던 언젠가 내 옆의 친구가 '와, 예쁘다.' 감탄하며 눈 위로 발걸음을 내디뎠다. 그 모습을 보고 알았다. 아무도 뭐라고 하지 않는구나. 나 혼자 걱정하는 일은 아무 소용 없구나. 무엇이든 행동해야 결과가 생기는구나.

어떤 일을 시작할 때, 우선 행동하고 나면 그 뒤는 어떻게든 되기 마련이다. 결국 나라는 사람의 중심은 타인이 아니라 나에게 있다.

행운을 약속하는
네잎클로버

선물 같은
이야기였어.
고마워, 블루.

또 놀러
와도 될까?

언제든
환영이야.

네잎클로버의 꽃말은
행운과 약속이라고 해.

너에게 행운을 선물할게.

오늘 발견한 선명한 행복

너에게 행운을 선물할게

초판 1쇄 인쇄 2024년 7월 26일
초판 1쇄 발행 2024년 8월 5일

지은이 소카모노

펴낸이 이준경
책임편집 김현비
책임디자인 정미정
펴낸곳 지콜론북

출판 등록 22011년 1월 6일 제406-2011-000003호
주소 경기도 파주시 문발로 242 3층
전화 031-955-4955 팩스 031-955-4959
홈페이지 www.gcolon.co.kr
인스타그램 @g_colonbook

ISBN 979-11-91059-56-4 03810
값 18,000원

지콜론북은 예술과 문화, 일상의 소통을 꿈꾸는 ㈜영진미디어의 출판 브랜드입니다.